Una propuesta sospechosa

Una propuesta sospechosa

Helen Brooks

Thorndike Press • Waterville, Maine

Published in 2003 by arrangement with Harlequin Books S.A.
Publicado en 2003 en cooperación con Harlequin Books S.A.

Thorndike Press® Large Print Spanish.
Thorndike Press® La Impresión grande española.

The tree indicium is a trademark of Thorndike Press.
El símbolo del árbol es una marca registrada de Thorndike Press.

The text of this Large Print edition is unabridged.
El texto de ésta edición de La Impresión Grande está inabreviado.

Other aspects of the book may vary from the original edition.
Otros aspectros de éste libro podrían variar de la edición original.

Set in 16 pt. Plantin.
Impreso en 16 pt. Plantin.

Printed in the United States on permanent paper.
Impreso en los Estados Unidos en papel permanente.

Library of Congress Cataloging-in-Publication Data

Brooks, Helen.
    [Suspicious proposal. Spanish]
    Una propuesta sospechosa / Helen Brooks.
        p. cm.
    ISBN 0-7862-5997-3 (lg. print : hc : alk. paper)
    1. Large type books.   I. Title.
  PS3552.R65925S87 2003
  813'.6—dc22   2003061516

Una propuesta sospechosa

Capítulo 1

ESSIE pocas veces se había encontrado peor. Aquello era un desastre. ¿Por qué diablos habría tenido que terminar aquel cóctel de gambas cuando desde el primer bocado se había dado cuenta de que no sabía bien? Era una estúpida. Una perfecta estúpida.

—Y tú, Christine Harper, ¿tomas a Enoch Charles Brown por esposo?

¿Enoch? Por un momento, Essie dejó de preocuparse por el estado de su estómago para concentrarse en la pareja que estaba en el altar. Así que el bueno de Charlie se llamaba Enoch. Al parecer había decidido mantener oculto aquel dato cuando estudiaba veterinaria. Y realmente no podía culparlo por ello. ¿Pero sabría ya Chris que aquel era el primer nombre de Charlie?

Justo en ese momento, Christine miró con adoración al que estaba a punto de convertirse en su marido y Essie concluyó que daba lo mismo que lo supiera o no. Su amiga había estado perdidamente enamorada de aquel veterinario desde la primera vez que había posado sus ojos en él.

Mientras el vicario continuaba la ceremonia, Essie rezaba para que terminara cuanto antes. Las pastillas que la madre de Christine le había dado habían conseguido detener el efecto del marisco en mal estado en su estómago, pero después de haber pasado la noche en vela y no haberse atrevido a desayunar, comenzaba a sentirse de forma extraña.

Habría dado cualquier cosa por poder quitarse los zapatos de tacón. La apretaban con locura. Intentó aliviar el dolor subrepticiamente, moviendo los dedos, pero estuvo a punto de perder el equilibrio en el proceso. Solo la mano rápida de Janice, la prima de Christine, evitó que terminara abalanzándose sobre la pareja de novios.

Y fue precisamente cuando estaba sonriéndole a Janice para agradecerle su ayuda cuando se fijó por primera vez en él. Estaba mirándola atentamente desde uno de los primeros bancos. Era un hombre alto y tan musculoso que Essie dudaba de que tuviera un gramo de grasa en todo su cuerpo. Su pelo, negro como el azabache, y su piel bronceada, realzaban el azul plateado de sus ojos.

Y fueron sus ojos los que hicieron que Essie se tensara. Porque reflejaban desaprobación. No, más que eso, se corrigió a sí misma en silencio: aquella mirada era, definitivamente, mordaz.

¿Cómo se atrevería a mirarla de esa forma?, se preguntó furiosa. Era la primera vez que veía a aquel hombre. Estaba completamente segura. Porque en caso contrario, no habría podido olvidarlo.

Pero los nervios no iban a ayudarla a mejorar ni el estado de su estómago ni el mareo, así que intentó concentrarse en la escena que estaba teniendo lugar ante ella. En ese momento, el sacerdote les estaba indicando a los novios, a sus respectivos padres y al padrino, que lo siguieran a la sacristía, así que Essie aprovechó para sentarse y descansar sus temblorosas piernas, bendiciendo en silencio que la sacristía fuera demasiado pequeña para que cupieran también las damas de honor.

¿Quién sería aquel tipo que la miraba? Aprovechando que una de las cantantes del coro estaba cantando *Love Found a Way* a un volumen capaz de hacer temblar las vidrieras, Essie le susurró a Janice:

—No mires, Jan, pero hay un hombre en el segundo banco… uno muy alto. ¿Lo conoces?

—¿Te refieres a Xavier Grey? —Janice ni siquiera lo dudó—. Es magnífico, ¿verdad? No es exactamente guapo, pero tiene algo que lo hace especial.

—¿Entonces lo conoces?

—He oído hablar de él. Por lo visto es el primo de Charlie —le dio un codazo en las costillas y se echó a reír—, o quizá debería decir de Enoch. Primo segundo o una cosa así. Tía June, la madre de Christine, me contó que hubo una pelea familiar hace años y que esta boda ha sido como una especie de reconciliación.

—Ya —Essie asintió y se acercó un poco más a su amiga, para escuchar lo que continuaba diciéndole—. ¿Qué dices?

—Te decía que ya me había fijado en que estaba sentado con los parientes más cercanos. ¿Sabes? Ese tipo es apestosamente rico, supongo que es por eso.

—¿Qué tiene eso que ver?

—Bueno, a mí me parece obvio —musitó Janice suavemente—. Los padres de Charlie quieren estar a buenas con él ahora que todo el mundo ha hecho las paces: a nadie le viene mal un millonario en la familia.

—¿De verdad es millonario?

—Claro que es millonario —Janice suspiró con nostalgia—. No es justo. Alguna mujer con suerte se quedará con todo: podrá disfrutar de una vida cómoda y confortable sin hacer absolutamente nada y todos los días al despertarse encontrará a Xavier Grey en su cama.

—A lo mejor es un tipo repugnante.

—A un hombre con su aspecto y con tanto dinero estoy dispuesta a perdonárselo todo —replicó Janice sonriente. Justo en ese momento, terminó la canción y la pareja de recién casados salió de la sacristía.

La siguiente hora consistió en una interminable sesión fotográfica bajo los cerezos florecidos que rodeaban la iglesia. Aunque Essie se encontraba un poco mejor, le suponía un gran esfuerzo sonreír y comportarse con normalidad cuando el estómago no paraba de rugirle como un oso herido. Pero por lo menos, para cuando llegó el momento de montar en el coche que iba a llevar a las dos damas de honor al lugar de la recepción, el aire fresco de mayo le había quitado el mareo.

Nada más llegar al hotel, Essie se sentó y se quitó los zapatos.

Pero no pudo relajarse prácticamente ni un segundo. Porque casi inmediatamente, sus ojos se cruzaron con la penetrante mirada que había conseguido evitar durante la última hora. Y entonces se dio cuenta de que desde que lo había visto por primera vez, en todo momento había sido consciente de Xavier

Gray. Este había estado observándola y la calidad de su escrutinio no había variado, continuaba mirándola con desprecio.

¿Qué diablos le pasaba a aquel tipo? Se comportaba como si la conociera y supiera que había hecho algo terrible. ¿La estaría confundiendo con otra persona? Desde luego, aquella era la única explicación posible para justificar su conducta.

A pesar del despliegue de lujo que los rodeaba, la comida fue mediocre, pero Essie consiguió probar varios bocados de cada plato, los suficientes para no llamar la atención. Estaba sentada al lado del padrino, el hermano de Christine, cuya mujer, a la que adoraba, estaba en estado. Durante la mayor parte de la comida, él la estuvo entreteniendo con todo tipo de detalles sobre las clases para la preparación del parto y los libros de bebés que había leído. Tenía tanta gracia al contarlo que los dos terminaron riendo a carcajadas. Y Essie tenía la absoluta seguridad, sin mirarlo siquiera, de que Xavier Gray no dejaba de mirarla.

Una vez cortada la tarta y hecho el brindis por los recién casados, los novios salieron a bailar. Al cabo de unos minutos, Essie se descubrió a sí misma mirando emocionada a su amiga.

Se alegraba de que todo le hubiera salido bien, pensó con emoción. Se alegraba de verdad. Charlie era un tanto inestable cuando estaba en la universidad y Essie había llegado a temer que estuviera jugando con su amiga. Pero allí estaba, completamente entregado a su resplandeciente esposa. Christine había visto así cumplido su más intenso deseo: había llegado a convertirse en la señora Brown. El clásico final feliz, clásico y poco frecuente en aquella época. Essie apartó inmediatamente aquel cínico pensamiento de su mente y dio un largo sorbo a su tónica.

—Yo tendría cuidado con eso en tu lugar.

Una voz, grave, sensual y con un marcado acento canadiense, hizo volver a Essie la cabeza. Al descubrir a su interlocutor, la sonrisa se le quedó helada en el rostro.

De cerca, Xavier Gray era mucho más grande de lo que había pensado. Debía de medir cerca de dos metros, pero no fue su altura, sino la dureza que de él emanaba lo que la dejó prácticamente sin respiración.

—¿Cuidado con...?

Xavier señaló hacia el vaso que la joven tenía en la mano y dijo con voz fría y apremiante.

—Se supone que el champán se debe beber poco a poco, no como si fuera un refresco.

¿Champán? ¿Había confundido la tónica con champán? ¿Cómo se atrevía a hacer una suposición de ese tipo? Y, en cualquier caso, no era asunto suyo lo que ella bebiera o dejara de beber.

—Lo siento, pero…

—Ya sé que la fiesta de despedida de la boda fue divertidísima. Pero terminar bailando encima de la mesa en un pub es una cosa y hacerlo durante la celebración de una boda otra muy distinta. En la iglesia era evidente que estabas bajo los efectos de la resaca. ¿No crees que, aunque solo fuera por Christine, deberías intentar comportarte adecuadamente el día de su boda?

Essie se quedó mirándolo fijamente. Estaba demasiado estupefacta para decir nada. Había sido Janice la que había bebido demasiado durante la despedida de soltera la noche anterior; pero, como la propia Janice había dicho alegremente mientras se vestían aquella mañana, tenía un estómago de hierro y jamás se levantaba con resaca.

Xavier Gray sonrió y dijo en un tono odiosamente condescendiente.

—Tengo entendido que estás estudiando teatro, Janice. ¿Tienes ganas de subir al escenario? —fijó la mirada en los rizos dorados que enmarcaban el cremoso rostro de Essie.

Essie abrió la boca para advertirle de su error, pero la cerró al comprender lo que las palabras de Xavier Grey indicaban. Xavier había sido informado de las travesuras de la noche anterior por uno de sus parientes y cuando las había visto a ella y a Janice, inmediatamente le había colgado la etiqueta de frívola estudiante universitaria que trabajaba media jornada como camarera. ¿Pero por qué? Essie estudió las facciones marcadas del hombre que tenía frente a ella. La respuesta era evidente. Al igual que otros muchos, Xavier Gray la veía como a la típica rubia atractiva que tenía que ser necesariamente tonta.

Durante toda su vida, había estado luchando contra aquella mentalidad de un cierto sector del sexo opuesto. Era algo que la irritaba, la irritaba de forma insoportable. Pero nunca la había irritado tanto como en ese momento. Algunos hombres, cuando descubrían que era más inteligente que ellos, se lo tomaban como una especie de insulto personal. Pocos se imaginaban que tras aquella fachada se escondía una veterinaria con un currículum que muchos envidiarían.

—¿Subir a un escenario?

—Bueno, a lo mejor tienes miras más altas. ¿Como Hollywood quizá?

15

Oh, sí, definitivamente la había catalogado como una jovencita atractiva que aspiraba convertirse en estrella. Lo próximo que le iba a decir era que conocía a un productor en Hollywood y le propondría que salieran algún día para hablar sobre ello.

—¿A Hollywood? —preguntó con voz tan melosa que por un momento pensó que estaba exagerando. Pero al parecer, Xavier Gray se lo tragó—. ¿Yo? —hizo un puchero, convirtiendo sus labios en una invitación tan vieja como el mundo—. Te estás burlando de mí.

—En absoluto —contestó él caballerosamente—. Estoy seguro de que con un poco de determinación se puede conseguir todo lo que se desea.

No era precisamente determinación lo que a ella le faltaba, pensó Essie, decidida en ese momento a darle a Xavier Gray una lección que jamás olvidaría.

—¿De verdad lo crees? —pestañeó varias veces antes de alzar hasta su rostro sus profundos ojos violetas.

—Claro que sí. Mira a Christine y a Essie —dijo Xavier quedamente, mientras se sentaba en el asiento que el hermano de Christine había dejado vacío para ir a bailar con su esposa—. Hace unas décadas, una mujer veterinaria era una excepción, pero ahora son cada vez más las mujeres que estudian esa carrera y la ejercen. Por supuesto, hay otras que se de deciden por carreras... menos peligrosas, físicamente —añadió suavemente, deslizando la mirada por las delicadas curvas de Essie.

—Tú crees que Essie es ideal para ese trabajo, ¿verdad? —preguntó Essie con fingida inocencia, abriendo los ojos de par en par—. Es muy fuerte.

—Estoy seguro —Xavier miró hacia Janice, que en ese momento bailaba un enérgico foxtrot con uno de los invitados—. Y encaja perfectamente con la profesión que ha elegido, al igual que tú con la tuya.

E igual que él encajaba perfectamente en el molde de un cerdo machista. Essie tuvo que bajar la mirada para que Xavier no advirtiera la rabia en sus ojos.

—¿Quieres que bailemos?

Evidentemente, había interpretado aquel desvío de la mirada como un gesto de coquetería. Essie echó sus rizos rubios hacia atrás y dijo con una sonrisa radiante:

—Me encantaría, gracias.

—Gracias a ti.

El coqueteo era obvio, pero circunspecto, pensó Essie con cinismo, mientras se levantaba. Tenía que admitirlo, a pesar de su dureza, aquel hombre era endiabladamente dulce cuando se lo proponía.

Mientras salían a la pista de baile, advirtió que algunas invitadas la miraban con envidia y se preguntó qué dirían aquellas mujeres si supieran lo que se proponía. Pero no lo sabían. Y, lo más importante, tampoco lo sabía Xavier Grey. Por supuesto, bastaría con que cualquiera la llamara por su nombre para descubrirla, pero con un poco de suerte, la farsa iba a poder continuar un rato más.

Pocos invitados la conocían. Pensó en ello mientras Xavier la abrazaba para empezar a bailar. Era amiga íntima de Christine casi desde que habían empezado la carrera, pero Essie solo había ido a ver a la familia de Christine en un par de ocasiones durante todos los años de universidad. Ella, al contrario que Christine, no tenía parientes ricos que pudieran apoyarla. Necesitaba trabajar durante los fines de semana y las vacaciones para pagarse los innumerables gastos que entrañaba aquella carrera que la apasionaba. Así que todavía tardarían algún tiempo en descubrirla.

Essie sonrió fríamente y le preguntó:

—Todavía no me has dicho cómo te llamas.

En los ojos de su acompañante apareció un repentino brillo de sorpresa que Essie consideró como un pequeño triunfo. Era evidente que pensaba que todo el mundo lo conocía, pensó con desagrado, antes de que él respondiera:

—Lo siento, no sé cómo he podido ser tan descuidado. Supongo que debo haber asumido que tus tíos te habrían dicho los nombres del nuevo contingente que acaba de sumarse a la familia de Enoch —hablaba en tono irónico—. Me llamo Xavier Gray y estoy a tu entera disposición.

Essie sonrió dulcemente.

—Hola, Xavier.

—Hola, Janice —parecía estar intentando seducirla con aquella voz intencionadamente sensual. Y Essie se habría echado a reír si no hubiera sido por las repentinas campanadas de alarma que comenzaron a sonar en su cabeza. Xavier era un experto en seducción, ese era el problema, se dijo rápidamente. El calor de su voz, la dureza de sus facciones y el delicioso aroma de su colonia hacían de él un lobo disfrazado de cordero. Bueno, quizá su colonia no tuviera nada que ver, se dijo Essie casi al instante. Probablemente el problema fuera el mismo Xavier.

Se apoyó contra él, intentando ignorar lo perfectamente que encajaban sus cuerpos y lo bien que se sentía entre aquellos fuertes brazos.

—¿Cuántos años tienes, Janice?

En aquella ocasión, había un deje en su voz que Essie no era capaz de identificar. Inclinó la cabeza para mirarlo a los ojos:

—¿Quiere eso decir que esta familia de chismosos no te ha puesto al tanto de todo? Hace un momento habría jurado que conocías hasta el último detalle de la familia.

Xavier entrecerró los ojos y a Essie le dio un vuelco el estómago que en aquella ocasión no tuvo nada que ver con el cóctel de gambas.

—Los chismorreos de las familias son lo peor del mundo —susurró suavemente—. Pero gracias a ellos sé que tienes veinte años, estás soltera y decidida a introducirte en el terrible mundo del espectáculo, esta última apreciación es de ellos, no mía —añadió precipitadamente.

—¿Eso es lo que te han contado de la pequeña Janice Beaver? —preguntó con voz tentadora.

—Ajá.

—Entonces supongo que no tengo nada más que decir.

Xavier asintió lentamente y al cabo de unos segundos, le preguntó:

—¿Y tú, cuántos años crees que tengo yo?

—No sé, ¿treinta? ¿Treinta y uno? —sugirió con una simpática sonrisa. En realidad parecía estar más cerca de los cuarenta, pero decirlo no le hubiera beneficiado en nada.

—Estás mintiendo —le sonrió y, una vez más, Essie sintió que su cuerpo respondía al encanto letal de aquel hombre—. Tengo treinta y tres —dijo suavemente—, pero sé que parezco algo mayor.

A Essie no se le ocurría nada qué decir, así que pestañeó nuevamente y se encogió suavemente de hombros.

—Yo no le doy mucha importancia a eso de la edad —dijo al fin con coquetería. En ese momento, cambiaron las luces de la pista de baile y comenzó a sonar una animada melodía—. Prepárate —le advirtió a Xavier—. Christine se ha resignado a que los tres primeros bailes fueran piezas lentas, pero a partir de ahora es ella la que elige, así que no te esperes nada más suave que un rock and roll.

—Magnífico. En ese caso, creo que ha llegado el momento de tomar una copa —se separó de ella, pero le tendió la mano para que lo siguiera hacia el bar donde, para espanto de Essie, estaban el hermano de Charlie y su esposa, junto a un pequeño grupo de amigos.

—Te esperaré aquí —se apartó a una pequeña alcoba.

—De acuerdo. Antes has ido un poco lejos, ¿no crees?

—¿Perdón? —se quedó mirándolo fijamente, sin comprender lo que pretendía decirle.

—Con Edward —señaló disimuladamente al hermano de Charlie—. Durante la comida he visto que os lo estabais pasando muy bien. Supongo que su mujer se ha quejado, ¿no?

—¿Qué? —lo de aquel hombre era realmente increíble. No solo la había tomado por la típica coqueta sin una gota de cerebro en la cabeza, sino que pensaba que se dedicaba a robarles el marido a las demás. Aquel tipo era un obseso. Sabía que debía estar roja como la grana, el genio siempre la afectaba de aquella manera, pero justo cuando abrió la boca para decirle a Xavier lo que realmente pensaba de él, una visión vestida en malva y rosa brillante, descendió sobre ellos. Se trataba de una mujer con los labios pintados de rojo intenso que ya le estaba explicando efusivamente a Xavier lo maravilloso que había sido encontrarlo allí.

Xavier fue educado con ella, pero acompañó su voz con un tono de frialdad y sarcasmo que alejó rápidamente a la recién llegada. Aun así, aquella interrupción le proporcionó a Essie unos segundos valiosísimos para dominar su lengua. Ya se las pagaría Xavier por lo que acababa de decirle.

Pero todavía no; quería llevar su farsa todo lo lejos que pudiera. ¿Qué derecho tenía aquel tipo a juzgar a nadie? Estuvo a punto de pedirle un whisky doble o algo parecido que se ajustara a la imagen que aquel millonario se había hecho de ella, pero su estómago no resistiría nada más fuerte que una tónica.

Cuando Xavier regresó a su lado, se sentaron en una mesa vacía y ella se despachó a gusto entreteniéndolo con algunas de las anécdotas que la propia Janice había contado la noche anterior sobre su vida en la universidad, especialmente las más provocadoras.

Aun así, no consiguió desencadenar la reacción que esperaba, admitió al cabo de un rato. El gesto de desaprobación de Xavier era inconfundible.

—Si sigues jugando con fuego, terminarás quemándote —dijo con dureza.

Curiosamente, era lo mismo que la propia Essie le había dicho a Janice la noche anterior. De modo que Essie aprovechó para repetir la frívola contestación que Janice le había dado a ella.

—La vida es para vivirla y quiero disfrutar cada minuto.

—Creo que eso ya lo has dejado claro.

—¿Y tú? —se inclinó hacia delante, lo suficiente para que Xavier pudiera apreciar su perfume. Una carísima fragancia que Christine y Charlie les habían regalado a las damas de honor—. ¿Qué me dices de ti? ¿Tú no crees en la diversión?

—Oh, sí, Janice, claro que creo en la diversión —dijo con voz peligrosamente seductora.

Las campanas de alarma volvieron a sonar. En aquel momento era ella la que estaba jugando con fuego. Y como no tuviera cuidado, iba a quemarse. Un escalofrío, que no pudo distinguir si era de miedo, excitación o deseo, le recorrió la espalda, a la vez que se encendía un fuego extraño en su corazón.

—Entonces eres como yo —dijo con una ligera ronquera que en aquella ocasión no fue fingida. Janice tenía razón cuando había dicho que Xavier Grey tenía algo. Y ese «algo» era, sencillamente, letal. Podía llamársele *sex appeal* o magnetismo animal, pero el caso era que sabía cómo utilizarlo, pensó Essie. Pasaba de ser un hombre frío y distante a convertirse en el más fascinante y encantador en cuestión de décimas de segundo.

—Mira, creo que voy a dar una vuelta —se levantó bruscamente, sin querer admitir que era debido al pánico—. Hemos estado hablando cerca de una hora y una dama de honor tiene ciertos deberes con los que cumplir.

—Por supuesto —Xavier se levantó y asintió educadamente—. Solo una cosa...

—¿Sí?

—Vuelve conmigo —susurró con una voz suave y profunda que avivó el calor que ya anidaba en el interior de Essie.

Lo cual era completamente ridículo, se dijo con fervor. Xavier Grey era un hombre de mundo, un soltero millonario que estaba acostumbrado a que las mujeres lo acosaran y un encuentro como ese no significaba nada para él, se decía nerviosa, mientras se acercaba al lugar en el que Janice estaba sentada.

—Ya veo que has hecho una conquista —comentó Janice divertida—. No ha apartado los ojos de ti en todo el día.

—No —Essie miró a Janice y, tras unos segundos de vacilación, se dejó caer a su lado—. En realidad, Jan, esto no es lo que parece.

—¿De qué estás hablando?

—De mí y de Xavier. Él cree que yo soy tú.

—¿Qué? ¿Y cómo diablos ha llegado a esa conclusión? ¿Y por qué no le has explicado quién eres?

—Bueno, el caso es... —en cuanto comenzó a explicárselo, a Janice comenzaron a brillarle lo ojos y, para cuando terminó su relato, la joven ya estaba riéndose abiertamente.

—Se lo merece. Y además, si piensas en su actitud, en realidad está ofendiéndome. Es posible que no sea un dechado de belleza, pero te aseguro que los chicos no se me dan nada mal.

—No lo he dudado ni por un segundo —Essie sonrió y ambas empezaron a reír a carcajadas.

—¿Y cuándo piensas decirle la verdad? —preguntó Janice cuando las risas se apaciguaron.

—No lo sé —se encogió de hombros—. Supongo que alguien me descubrirá tarde o temprano.

—Mira, Essie —Janice la miró a los ojos, con expresión extrañamente seria—, tienes que tener cuidado. Ese hombre tiene una fama terrible. Es el típico seductor que se olvida casi inmediatamente de sus conquistas. Jamás se vincula seriamente a nadie y le gusta jugar siempre con sus propias normas. Según tía June, sale constantemente con mujeres, pero en cuanto tiene la sensación de que la cosa empieza a ponerse seria, corta bruscamente. No es un hombre con el que te convenga tontear.

—No pretendo hacerlo, Janice. Por lo menos en ese sentido. Es un hombre arrogante, rudo, avasallador y...

—Maravilloso —la interrumpió Janice

divertida—. Tienes que admitirlo, Essie. Xavier es sencillamente magnífico. Esa mezcla de frío control y rudeza es dinamita pura y si a eso le añades su aspecto y que está cargado de dinero... ¡se convierte en un auténtico afrodisíaco!

—Jan, eres terrible —la regañó Essie, pero no fue capaz de contener la risa. Janice era realmente original, una joven cariñosa, amable y divertida. Aunque la conocía desde hacía muy poco tiempo, le gustaba mucho. Y Janice tenía razón, era tan ofensivo para ella como para sí misma el que la etiquetara por su aspecto, pensó. Quizá Janice no fuera Marilyn Monroe, pero eso no significaba que no pudiera dedicarse al teatro.

Las dos jóvenes fueron saludando cumplidamente a los invitados antes de acercarse a Christine y a Charlie. Se acercaba ya el momento en el que la novia tendría que cambiarse de ropa. La recepción iba a terminar a las siete de la tarde y la pareja de recién casados tenía que marcharse a Londres; desde allí saldrían hacia Grecia, donde disfrutarían de dos semanas de luna de miel.

Mientras ayudaban a Christine con el cambio de ropa en una habitación que el hotel les había proporcionado, las risas inundaron la estancia. En cuanto Christine estuvo lista, salió para marcharse con el que ya era su marido. La despedida estuvo llena de adioses, confetis y lágrimas de emoción.

Y, en todo momento, Essie fue plenamente consciente de un hombre que parecía haberse apoderado de cada uno de sus pensamientos y que quizá a esas alturas conociera ya su verdadera identidad. Mientras el taxi se alejaba de hotel, Essie se volvió para mirar al resto de los invitados y su mirada voló inmediatamente hacia Xavier.

Janice tenía razón. Era maravilloso, admitió, mientras pensaba que no debería haber comenzado aquella farsa. Pero ya no había tiempo para arrepentimientos. Sobre todo porque Xavier se estaba acercando en ese momento a su lado.

—Habéis cumplido admirablemente con vuestros deberes —en su sonrisa incluía a Janice, que permanecía al lado de Essie—. ¿Por qué no me dejáis invitaros a cenar si no tenéis otro compromiso?

Tenía que decirle ya la verdad. Aquello había ido demasiado lejos. Pero antes de que pudiera pronunciar una sola palabra, se le adelantó Janice:

—Oh, lo siento, señor Grey, yo ya he quedado esta noche. Pero estoy segura de que a Janice le encantará ir a cenar con usted.

—¿De verdad? ¿Es cierto que te encantaría

cenar conmigo? —preguntó Xavier, mientras Janice, tras un alegre adiós, se mezclaba entre los invitados para regresar al hotel.

—Yo, no sé si...

—Deberías tener compasión de un extranjero solitario —le dijo persuasivo—. Me alojo en un hotel, como seguramente ya sabes. No puedo soportar las reuniones familiares —añadió con sarcasmo—, y mañana a primera hora vuelo hacia Alemania. No me apetecería tener que cenar solo.

Essie lo dudaba muy seriamente. Xavier era el tipo de hombre que disfrutaba estando solo, y su propio comentario lo confirmaba.

—Creo que incluso te dejaré tomar un par de copas, si tu estómago ya está un poco mejor.

—En realidad no tenía resaca —contestó Essie, sin poder disimular cierta dureza—. Ayer cené marisco en mal estado —¡que le permitiría tomarse un par de copas de vino! ¿Pero quién diablos se creía que era?

—¿De verdad? —preguntó incrédulo. Essie estaba cada vez más furiosa.

—Sí, de verdad —dijo cortante. En aquella ocasión, Xavier sí reparó en su tono de voz.

—No seas quisquillosa, Janice. Lo digo únicamente pensando en ti —dijo suavemente—. No hay nada peor que una mujer que no sabe cuándo ha llegado el momento de detenerse. Es lo menos atractivo que...

Essie ya había tenido más que suficiente. ¿Xavier quería una jovencita que le hiciera compañía aquella noche? Pues bien, iba a tener algo con lo que no contaba.

Tomó aire y rezó para poder controlar su furia.

—Me encantaría cenar contigo esta noche, Xavier —dijo suavemente.

—Estupendo —parecía divertido. Evidentemente, pensaba que todavía estaba enfadada—. Iré a buscarte a tu casa, ¿quieres? ¿Cuál es tu dirección?

—Oh, no, eso no —¿qué excusa podía poner? Su mente corría a toda velocidad. Essie pensó frenéticamente y dijo—: Tengo que ir a ver a unos compañeros para hablar de un proyecto en el que estamos trabajando. Iré en taxi a tu hotel... ¿sobre las ocho y media te parece bien?

—Claro —entrecerró ligeramente los ojos, pero parecía todavía relajado—. Me alojo en el Blue Baron, ¿lo conoces?

¿Que si lo conocía? ¡Ella también se alojaba allí! Essie sonrió mientras rezaba nuevamente, en aquella ocasión para ser capaz de disimular el nerviosismo que la penetrante mirada de Xavier la provocaba.

—Sí, lo conozco —oyó su voz fría y tranquila y le sorprendió a ella misma lo normal que sonaba—. Entonces hasta las ocho y media.

—De acuerdo —se inclinó hacia ella, fijando en sus ojos su hipnótica mirada. Y aunque sabía que iba a besarla y que antes de que lo hiciera tenía la posibilidad de retroceder, Essie no lo hizo.

Los labios de Xavier eran cálidos, firmes. Xavier rozó con ellos la boca de Essie y se volvió al instante, pero ella tuvo tiempo de sentir el efecto de su beso en cada una de sus células. Sensación que duraba mientras lo observaba despedirse de sus parientes y alejarse en un Mercedes azul oscuro.

En cuanto el Mercedes desapareció, Janice se acercó a ella y la agarró del brazo.

—¿Has quedado esta noche con él?

Essie asintió lentamente.

—Entonces hazme caso. En cuanto vuelvas a verlo dile lo que has hecho, intenta hacerlo parecer como una broma contra ti misma y en cuestión de segundos lo tendrás comiendo en la palma de tu mano. Ese hombre está loco por ti.

—Está loco por Janice Beaver —repuso Essie con una débil sonrisa.

—Lo único que va a cambiar es el nombre —Janice sonrió de oreja a oreja antes de decir otra vez—: Díselo, Essie, así podrás empezar de cero y quién sabe lo que podría pasar.

—Yo no quiero que pase nada.

—¿No? —preguntó Janice escéptica.

—No, de verdad. Lo último que me apetece ahora es empezar una relación con alguien, Janice. Hubo alguien en la universidad... Bueno, digamos que terminé quemándome y ahora prefiero no tener ningún tipo de ataduras. Ahora mi vida es mi trabajo y pretendo que continúe siéndolo.

—Pues si quieres saber mi opinión, me pareces la pareja perfecta para Xavier —Janice contempló el hermoso rostro de su amiga antes de musitar—: Sí, la pareja perfecta.

Capítulo 2

ESSIE se sentía como una especie de fugitiva mientras entraba furtivamente en el vestíbulo del Blue Baron hora y media después de que Xavier hubiera abandonado la boda.

Antes de separarse de Janice, Essie le había pedido a su amiga que le contara todo lo que supiera sobre él, pero no había aprendido mucho más de lo que ya le había contado. Xavier pertenecía a una rama de la familia de Charlie que se había ido a vivir a Canadá antes de que Xavier naciera, pero al parecer, este tenía negocios en Inglaterra. Era además un hombre que se había forjado a sí mismo. Janice había puesto mucho énfasis en ese punto.

Una vez en su habitación, Essie se dejó caer en la cama y se abrazó a la almohada mientras contemplaba angustiada la noche que tenía por delante.

Por lo menos no tenía que pensar en lo que iba a ponerse, se dijo pesarosa. Solo se había llevado un par de vaqueros, una camiseta sin mangas, un vestido informal y el vestido de fiesta. Y las dos primeras opciones estaban definitivamente descartadas para una cita con Xavier Grey. Gimió desesperada, dio media vuelta en la cama y enterró la cabeza en la almohada.

Durante todo el día, había estado deseando pasar una noche relajada en su habitación, viendo tranquilamente la televisión. Pero se había comprometido a un encuentro que iba a ser cualquier cosa menos relajado. Ni siquiera se atrevía a pensar en cómo reaccionaría Xavier cuando le dijera quién era realmente.

Aun así, no se arrepentía de lo ocurrido. Se obligó a levantarse, se acercó al espejo que cubría una de las paredes del dormitorio y estudió su reflejo con espíritu crítico.

De acuerdo; era delgada y no excesivamente alta y quizá su aspecto no fuera tan robusto como el que se le suponía a una veterinaria, pero era condenadamente buena en su trabajo. Y lo estaba demostrando en la pequeña clínica de Sussex en la que trabajaba. La fuerza bruta no lo era todo. Frunció el ceño mientras se miraba. Aunque la mayoría de los casos que atendía eran relativos a animales domésticos, a veces tenía que enfrentarse a animales feroces, como el Gran Danés al que había atendido la semana anterior, un perro que se negaba a ser examinado. Su propietario había desaparecido, dejando que se las viera sola con un par de mandíbulas de tamaño considerable.

Sonrió al recordarlo. En aquel momento le parecía más fácil enfrentarse a diez perros como Monty que a un solo Xavier Grey. Al pensar en ello se borró la sonrisa de sus labios.

Un baño, se dijo. Necesitaba un baño relajante. Miró el reloj. Todavía le quedaban cuarenta minutos. Y después del baño, se arreglaría e intentaría hacer acopio de valor para enfrentarse a la velada que se avecinaba.

A las ocho y media en punto, Essie se adentraba en el vestíbulo del hotel Blue Baron convertida en una mujer elegante y sofisticada y dejando tras de sí la imagen aniñada que como dama de honor proyectaba en la boda.

Los responsables de aquel cambio de imagen eran muchos: el primero, el moño en el que había recogido sus rizos, dejando al descubierto su cuello. El segundo, el cuidadoso maquillaje con el que destacaba el azul violeta de sus ojos y la cremosidad de su piel. El tercero, un vestido de noche de seda azul con una chaqueta a juego. Y el cuarto, la determinación de poner fin a aquella velada con la cabeza bien alta.

Antes de bajar, había pensado que el hecho de que saliera del ascensor, desvelaría todos los malentendidos sobre su identidad. Y así habría sido si Xavier no hubiera estado enfrascado en una conversación con una de las recepcionistas del hotel.

Xavier no alzó la cabeza hasta que Essie estuvo prácticamente a su lado. De esa manera, la joven pudo advertir el brillo de sorpresa que apareció en sus ojos antes de saludarla.

—Janice, me alegro de que hayas llegado. He reservado mesa para las nueve, pero a lo mejor te apetece tomar primero una copa.

—Sí, gracias —contestó con frialdad y aplomo—. Me encantaría.

Xavier la condujo al restaurante agarrándola del brazo. Essie intentaba no pensar en lo atractivo que le había parecido nada más verlo. Al igual que ella, se había cambiado de ropa y el traje negro y la camisa blanca le sentaban peligrosamente bien.

—¿Qué quieres tomar?

Mientras se sentaba en uno de los elegantes taburetes del bar, Essie dejó que pasaran algunos segundos antes de mirar hacia él. Entonces dijo con voz serena:

—Creo que tomaré una ginebra con tónica.

—Buena elección, yo tomaré lo mismo.

En cuanto el camarero tomó nota de su pedido, Xavier fijó su intensa mirada en la joven y comentó:

—Estás diferente esta noche, Janice. Pareces mayor, más cosmopolita...

—¿De verdad? —arqueó las cejas significativamente, pero no se le ocurrió volver a batir las pestañas. Aquella noche iba a representar los veintiocho años que tenía, iba a comportarse como la mujer fuerte y sensata que era—. Bueno, siempre he pensado que no es conveniente quedarse con la primera impresión, Xavier —sonrió fríamente—. Puede inducir a error, ¿no crees?

—A veces —la miró con los ojos entrecerrados.

¿Sabría el aspecto que tenía cuando entrecerraba los ojos de aquella manera?, se preguntó Essie en silencio. Su masculinidad parecía multiplicarse por cien y su atractivo se hacía mortal. ¡Pero claro que lo sabía!, se contestó a sí misma. Aquello formaba parte de su escena de seducción.

—¿Qué te pasa? —preguntó Xavier con una brusquedad que la sorprendió.

—¿Qué me pasa? —contestó, incómoda.

—Sí, te encuentro rara, ¿qué te pasa?

—Nada —alzó la barbilla y se enfrentó a su mirada escrutadora—. Estoy perfectamente —en ese momento, el camarero, una réplica exacta de Tom Cruise puso frente a ellos dos vasos cubiertos de escarcha. Essie lo miró sonriendo—. Caramba, esto sí que es una copa.

—Y está tan rica como parece —contestó el joven, devolviéndole una sonrisa de franca admiración.

—Estoy segura —probó entonces su copa—. Está deliciosa, gracias —le agradeció sin perder la sonrisa.

Xavier observaba aquel intercambio sin decir palabra. Al cabo de unos segundos, alargó el brazo hacia su copa y la probó.

—Excelente —dijo en tono inexpresivo—. ¿Nos sentamos? —Xavier señaló una mesa para dos situada en una esquina de la sala y Essie abandonó su taburete con desgana. En la barra se sentía más segura, aunque solo fuera porque parecía retrasarse el inevitable momento en el que tendría que admitir su mentira.

Habían empezado a cruzar el salón cuando se oyó un grito de alegría que dejó a Xavier completamente paralizado. Essie lo oyó gruñir ligeramente, y, de pronto, una hermosa pelirroja, acompañada de un joven no menos atractivo lo llamó desde la puerta del restaurante. Xavier alzo la mano para saludarlos. Essie los había visto en la boda, pero no tenía idea de quiénes eran... hasta que la pelirroja se acercó, arrastrando a su pareja con ella.

—¡Xavier, qué sorpresa! ¿Todavía no has cenado? —preguntó alegremente—. Nosotros hemos reservado mesa para las nueve.

—Creía que tú y Harper ibais a salir con vuestros parientes ingleses —contestó Xavier.

—Y pensábamos hacerlo —la pelirroja sonreía a Essie mientras hablaba sin disimular su curiosidad—. Pero Harper no se encontraba bien y decidimos no salir. Pero ahora está mucho mejor, ¿verdad, cariño? —miró a Harper sonriendo antes de continuar—: ¿No piensas presentarnos Xavier?

—Janice, estos son Candy y Harper. Harper y Candy, Janice —y añadió secamente—: Candy es mi sobrina y Harper su prometido.

—¿Tu sobrina? —Essie intentó no parecer muy sorprendida, pero al parecer no lo consiguió del todo, porque Candy se apresuró a explicarle:

—Ya sé lo que estás pensando, pero mi madre, la hermana de Xavier, me tuvo cuando todavía era muy joven.

Essie sonrió y asintió, pero no alentó la conversación. Tenía la sensación de que no era un tema del que a la joven le resultara fácil hablar y no quería ponerla en una situación embarazosa. Además, estaba deseando que la otra pareja no decidiera reunirse con ellos, aunque, sin saber muy bien por qué, Candy le inspiraba una gran simpatía. El problema era que tenía que decirle a Xavier cuanto antes la verdad y lo último que necesitaba era tener público.

Tras unos segundos de incómodo silencio, Xavier dijo, en tono resignado:

—¿Queréis tomar un aperitivo con nosotros?

—Si no os parece mal —era obvio que se había dado cuenta de que su tío no se había alegrado al verla.

—Claro que no —contestó Essie con calor. Había algo extrañamente vulnerable en aquella joven. Essie no podía explicar exactamente lo que era, pero sentía que detrás de aquella adorable fachada, de aquellos ojos vívidamente azules y aquel pelo maravilloso, Candy no tenía tanta confianza en sí misma como aparentaba. Essie olvidó casi al instante su intención de quedarse a solas con Xavier, repentinamente decidida a que la joven pareja se sintiera bien recibida.

Aquella sensación continuó durante toda

la velada. Cuando les hicieron pasar al restaurante, le pareció lo más natural que Candy y Harper se reunieran con ellos.

La cena fue magnífica, el vino insuperable y Xavier demostró ser un excelente anfitrión, educado y divertido. Pero a pesar de sus cultivados modales, Essie tenía la sensación de que la estaba observando como si fuera un científico contemplando un ejemplar al que consideraba interesante.

Aquel hombre era el epítome de la frialdad. Un hombre absolutamente controlado y, sin embargo, ameno e ingenioso en la conversación y absolutamente sexy. ¿Sexy? Essie se enfadó al descubrirse pensando en Xavier en esos términos. Aquel hombre era el enemigo y haría bien en no olvidarlo. En cuanto le dijera, si en algún momento conseguían quedarse a solas, quién era ella, lo más sabio sería batirse en retirada.

Se entretuvieron un buen rato con los cafés. En cuanto les pasaron la cuenta, de la que Xavier insistió en hacerse cargo, la pareja de jóvenes se levantó.

—Gracias por todo, Xavier —Candy se inclinó hacia su tío y le dio un cariñoso apretón en el brazo.

—¿No lo llamas tío? —le preguntó Essie.

—¿Tío? —Candy sonrió de oreja a oreja—. Si solo nos llevamos diez años. Además, nunca he podido ver a Xavier como a un tío. Es como si fuera mi hermano mayor —había verdadero cariño en su mirada y Essie advirtió que el semblante de Xavier se suavizaba como no lo había hecho hasta entonces.

Y le dolió. Era ridículo, irracional, pero le dolió con locura, porque sabía que Xavier jamás la miraría a ella de aquella forma.

¡Pero en realidad no quería que la mirara de ninguna manera! ¿En qué demonios estaba pensando? ¡Ella aborrecía a ese tipo de hombres! Lo aborrecía a él. Era el típico machista con una pagada idea de sí mismo. De acuerdo, aquella noche había sido divertida. Tenía que admitir que, a pesar de todo, se lo había pasado bien, pero eso era porque Xavier era un hombre acostumbrado a hacer de anfitrión.

Essie había aceptado tomar una copa de brandy, invitación que los más jóvenes habían rechazado, no porque le apeteciera realmente sino porque quería tener oportunidad de hablar con Xavier sin que hubiera nadie a su alrededor. Además, el alcohol podría servirle de apoyo.

En ese momento, mientras Xavier se reclinaba en su silla, tomó un sorbo de su copa, intentando pensar la mejor forma de empezar.

—¿Nunca te relajas?

—¿Qué? —preguntó Essie, enderezándose en su asiento y mirándolo con recelo.

—Llevas toda la noche nerviosa. Casi podía sentir tus vibraciones —comentó, arrastrando perezosamente las palabras—. Y esta tarde te pasaba lo mismo, aunque de manera diferente.

—No sé a qué te refieres —contestó muy tensa.

—Es como si fueras dos personas diferentes. Cambias de una imagen a otra como si fueras un camaleón. ¿Por qué estás tan en guardia esta noche? ¿Te pasa con todos los hombres o solo conmigo?

Aquello ya había ido suficientemente lejos y en vista de sus comentarios, aquel era el momento de decirle que había cometido un error, un gran error, pensó decidida. Pero Xavier la desinfló al inclinarse hacia ella y decir con inesperada ternura:

—Eres una farsante, Janice Beaver. Toda esa imagen de vividora no se corresponde con la mujer que verdaderamente eres. ¿Hay alguien que te haya hecho daño? ¿Es eso? Porque quien quiera que lo haya hecho, no se merece que arruines tu vida por ello. Créeme, sé lo que te digo.

—Xavier, por favor —aquello era terrible. Estaba haciéndole sentirse culpable. Tomó aire—. Esto no es lo que crees.

—Estoy seguro de que alguien te ha hecho daño —insistió, como si no la hubiera oído—. Y mucho.

Essie deseó entonces no haber comenzado nunca aquella locura. Tragó saliva y dijo con voz temblorosa.

—Pero esto no tiene nada que ver con eso. Además es algo que ocurrió hace mucho tiempo.

—El tiempo es algo relativo y podría ayudarte hablar sobre ello.

Essie tenía que explicarle quién era. Volvió a tomar aire y sintió que la invadía el masculino aroma de Xavier; en sus ojos grises se reflejaba un rayo de luz de la lámpara que había encima de la mesa. Y justo cuando Essie había abierto la boca para comenzar a hablar, para decírselo, el pianista dejó de tocar y leyó por el micrófono una nota que uno de los camareros acababa de entregarle.

—Siento interrumpir la sesión, pero se acaba de recibir una llamada urgente para la señorita Esther Russell. Si está aquí, quizá podría presentarse en recepción.

—¿Janice? —la voz de Xavier la asustó incluso más de lo que ya estaba—. No dejes que ese hombre te gane, no permitas que arruine tu vida. Porque eso es precisamente lo que sucederá si no tienes cuidado.

—Tengo que ir a recepción —se advertía una nota de histerismo en su voz. No podía creer lo que le estaba ocurriendo. Aquello era como una comedia de humor negro.

—¿A recepción? —Xavier frunció el ceño—. ¿Esther Russell? ¿No es esa la chica que hacía de dama de honor contigo? ¿Se aloja también en el hotel? ¿Sabes dónde localizarla?

—Sí... soy yo —farfulló Essie.

—¿Que eres tú? —la miraba como si hubiera perdido el juicio, y quizá hubiera sido así, pensó Essie aterrada. Quizá eso explicara por qué había sido tan increíblemente estúpida como para pensar que podía desafiar a Xavier Grey y ganar.

—Mira, tengo que contestar esa llamada —se levantó y Xavier la imitó. Sus modales continuaban siendo impecables en medio de aquella confusión—. Por favor, tú quédate —no quería que estuviera delante mientras ella hablaba por teléfono porque sabía que sería incapaz de decir una sola palabra coherente—. Volveré en seguida, te lo prometo, y entonces te lo explicaré todo. Pero el caso es que yo soy Esther Russell y es posible que esa llamada tenga que ver con mi trabajo. Tengo que irme.

Xavier asintió sin mover un solo músculo

de la cara y Essie lo miró con impotencia antes de salir a toda velocidad del restaurante.

Las cosas no podían haberle salido peor, pensó mientras corría hacia el escritorio de recepción. ¿Y a qué diablos se debería aquella llamada? Solo podían ser Jamie o Peter y ninguno de ellos la habría molestado si no hubiera ocurrido algún desastre. Pero era incapaz de imaginarse cuál podría ser.

—¿Essie? —era Peter Hargreaves, el propietario de la clínica en la que trabajaba—. Essie, siento tener que molestarte, pero es urgente. ¿Te acuerdas del caballo del coronel Llewellyn? Bien, pues el caso es que ha empeorado y hace falta operarlo, pero no encuentro su historial. Ese animal vale una fortuna y ya sabes cuánto se preocupa por él el coronel. Así que necesito saber exactamente el tratamiento que ha seguido contigo. El maldito ordenador no funciona y no encuentro la copia de su caso en el fichero. ¿Tienes idea de dónde puede estar?

Essie pensó en silencio, pero no se le ocurría nada.

—¿Se lo has preguntado a Jamie?

—Jamie está en la granja de los Sanderson. El pony de su hija está enfermo, y ya conoces al viejo Sanderson. Debe de ser la única persona del mundo que no tiene teléfono.

—¿Y dices que ha ido a ver al pony de Jenny Sanderson? —preguntó Essie rápidamente.

—Sí, parece que tiene un cólico, que es lo que pensábamos que tenía también el caballo del coronel.

Essie pensaba a toda velocidad. Sabía que Jamie tenía la costumbre de guardar cada pedazo de papel que se encontraba en el último cajón de su escritorio: cartas, cheques, circulares, informes... todo terminaba allí dentro.

—¿Y no es posible que Jamie haya sacado el informe antes de ir a la granja? Si los síntomas eran similares, es posible que lo haya estudiado antes de irse, por si hay alguna relación entre los dos casos.

—¿Crees que puede haberse llevado ese maldito informe? —gruñó su jefe furioso.

Essie cruzó los dedos y contestó rápidamente, intentando proteger a su compañero.

—Estoy segura de que no, pero es posible que lo haya sacado y si ha tenido que salir rápidamente para la granja, a lo mejor lo ha guardado en su cajón.

—Espero por su bien que no se le haya ocurrido hacer una tontería como esa, sabiendo que tenemos el ordenador estropeado. Ahora mismo voy a comprobarlo.

Se hizo un silencio al otro lado del teléfono.

—¿Essie? —preguntó Peter al cabo de unos segundos—. Ya lo tengo. A ese jovencito estúpido ya solo le falta meter el fregadero de la cocina en su cajón. Es increíble —se oyó ruido de papeles—. Sí, estoy viendo exactamente lo que has hecho con ese caballo y es lo más conveniente. Muy bien, Essie. Siento haberte molestado. ¿Cómo ha ido la boda?

Essie era consciente de que se trataba de una pregunta de cortesía y sabía que Peter tenía mucha prisa por atender a ese caballo, así que contestó brevemente:

—Muy bien, gracias, Peter. Mira, estaré aquí hasta mañana a las diez, así que si me necesitas para cualquier cosa, llámame, ¿de acuerdo?

—Gracias, Essie, pero ahora que ya tengo el informe no tendré ningún problema. Jamie es un veterinario excelente, pero tiene que intentar mejorar en algunas cosas —se hizo una breve pausa—. Bueno, adiós. Procura disfrutar. Nos veremos el lunes.

—De acuerdo Peter, adiós.

Disfrutar. Essie permaneció con el teléfono en la mano durante algunos segundos antes de colgar y darle las gracias a la recepcionista. «Disfrutar» no era la mejor palabra para describir lo que iba a ocurrir a continuación.

La tétrica presencia de Xavier parecía llenar todo el restaurante cuando Essie volvió a entrar minutos después. Todo seguía igual: el pianista continuaba tocando, los otros comensales disfrutando de la comida, el murmullo de las conversaciones y las risas alegrando la tranquilidad que reinaba en la habitación... Pero en la distancia, estaba Xavier.

Essie ni siquiera sabía cómo era capaz de caminar mientras se acercaba a su mesa. El mal humor de Xavier se reflejaba en cada centímetro de su cuerpo. Pero consiguió llegar hasta allí, deslizarse en su asiento y mirar directamente a aquel semblante del hielo.

—¿Y bien? —fueron solo dos palabras, pero más explícitas que cualquier perorata.

—Lo siento —susurró Essie.

—No es suficiente —se quedó mirándola fijamente antes de decir con voz cortante—. Me estás diciendo que eres Esther Russell, ¿verdad? Lo que significa que eres la mejor amiga de Christine, y no su prima, y que además eres veterinaria, ¿no es cierto? —había en su voz una nota de incredulidad que ni siquiera la furia podía disimular y aquello le dio fuerzas a Essie.

Xavier todavía pensaba que era prácticamente imposible que una mujer como ella fuera inteligente y profesional, pensó furiosa.

—Sí es cierto —alzó la barbilla con expresión desafiante.

—¿Y cuántos años tienes?

—Veintiocho. Y todo esto no habría sucedido si no hubieras sido tan grosero.

—¿Qué? —la brusquedad de su tono hizo que varios comensales volvieran la cabeza hacia ellos. En cuanto Xavier se dio cuenta, los fulminó de tal manera con la mirada que rápidamente volvieron a concentrarse en sus platos—. No puedo creer lo que acabas de decirme —gruñó—. ¿Me engañas con un montón de mentiras y ahora dices que la culpa es mía?

—En realidad no he sido yo exactamente la que ha mentido —replicó Essie rápidamente—. Tú te has acercado a mí y has dado por supuestas un montón de cosas antes de que yo abriera la boca. Has dado por sentado que era Janice, me has reprochado mi estilo de vida, mis costumbres, todo, ¡y ni siquiera nos habían presentado!

—Y tú me has mentido.

—Lo único que he hecho ha sido confirmar lo que tú habías dado por supuesto, eso ha sido todo. Y, ya que estamos en ello, tengo que decirte que todas tus suposiciones eran bastante ofensivas —dijo con amargura—. En cuanto nos viste a Janice y a mí no dudaste ni por un segundo quién era cada cual. Ni siquiera habías hablado con nosotras y ya me habías etiquetado como a una rubia tonta. ¿Me equivoco o no?

—¡Esto es una locura!

Essie no había visto a nadie tan furioso en toda su vida. En Xavier ya no quedaba un solo vestigio del hombre frío y controlado que segundos antes era, pensó asustada. Ese hombre estaba, literalmente, ardiendo de furia.

—¿Tengo razón o no? —insistió, negándose a dejarse intimidar.

—No tienes razón —replicó sombrío—. Si hubiera pensado que solo eras una rubia tonta, no te habría invitado a salir esta noche.

—Digas lo que digas, sabes perfectamente que tengo razón —le espetó ella, sosteniéndole la mirada al tiempo que se forzaba a dominar su pánico—. Admito que no debería haber continuado lo que tú has empezado, pero, si quieres saber la verdad, me ha parecido una oportunidad demasiado buena para desperdiciarla.

—¿La verdad? No creo que sepas lo que significa esa palabra.

—Claro que lo sé —respondió sin desviar

la mirada. Essie escuchaba al mismo tiempo la voz de su conciencia que le decía que en realidad no pretendía haber llevado las cosas tan lejos, que debería haberle dicho la verdad en cuanto lo había visto aquella noche para evitar que ocurriera lo que en ese momento estaba ocurriendo, pero ya era demasiado tarde para arrepentimientos—: Normalmente soy una persona muy sincera, pero tu arrogancia me ha molestado.

—¿Mi arrogancia? —parecía incapaz de creer lo que estaba oyendo. Y quizá no lo fuera, pensó Essie. Probablemente nadie le había hablado así en toda su vida.

—Sí, tu arrogancia —respondió con voz ligeramente temblorosa—. No tenías ningún derecho a dar nada por sentado ni sobre mí ni sobre Janice. He tenido que trabajar duramente para ser lo que soy, Xavier Grey. Nadie me ha regalado nunca nada, pero soy una veterinaria muy buena. Y no me gusta que nadie me etiquete, y mucho menos alguien que ni siquiera me conoce. ¿Está claro?

—Desde luego.

—¡Y puedes ahorrarte ese estúpido desdén, porque conmigo no va a servirte de nada! —le reprochó colérica—. No me importa ni lo rico ni lo poderoso que seas.

Sigues pareciéndome un pedante, presuntuoso y... —se interrumpió vacilante.

—Parece que se te han acabado pronto los adjetivos —respondió él inexpresivo. Por su rostro, era imposible adivinar lo que estaba pensando y Essie comprendió que lo mejor sería salir de allí antes de perder el control y terminar tirándole una copa encima.

—Adiós, señor Grey —se levantó bruscamente—. Y le devolveré el dinero de mi cena, gracias.

—Ahora eres tú la que estás siendo maleducada.

Essie era consciente del repentino interés que habían despertado a su alrededor mientras se marchaba, pero eran sobre todo los ojos grises de Xavier, que sentía fijos en su espalda, los que le impedían salir corriendo de allí a grandes zancadas.

El control le duró hasta que llegó a su habitación, pero una vez allí, cerró la puerta tras ella y se dejó caer hasta la alfombra. Sus piernas se negaban a sostenerla en pie un segundo más.

¿Cómo se habría atrevido a decirle todas esas cosas? No era que no se lo mereciera, pero ella normalmente no era así, por el amor de Dios. Aquel hombre había conseguido sacar a la luz la peor de sus facetas, pensó con tristeza. De hecho, aquel era un aspecto de su personalidad que parecía haber nacido en el preciso instante en el que había conocido a Xavier Grey.

Continuó sentada en el suelo durante algunos minutos con la espalda apoyada en la puerta mientras repasaba mentalmente todo lo ocurrido en el restaurante. Al final, se levantó y con mano temblorosa, descolgó el teléfono del hotel. Tras dar el número de su habitación, le explicó a la recepcionista:

—Esta noche he cenado en el restaurante del hotel, en una mesa reservada por el señor Grey, pero me gustaría pagar mi propia cena. ¿Eso es posible? —dio los detalles que consideró necesarios, le dio las gracias a la recepcionista y colgó el teléfono.

Qué desastre. Sacudió lentamente la cabeza. Y todo había ocurrido tan rápido... Aquella mañana, ni siquiera sabía que Xavier Grey existía, pero en ese momento dudaba que fuera capaz de olvidarlo en toda su vida. Su siguiente pensamiento le hizo sonreír débilmente. ¡Probablemente él tampoco la olvidaría durante algún tiempo!

Se quitó la chaqueta y el vestido y contempló su reflejo en el espejo. Haría inmediatamente el equipaje, pensó, para poder salir al día siguiente a primera hora y después se daría un baño relajante y se lavaría el pelo.

Cerca de hora y media después, tras haberse dado un baño tan largo que estuvo a punto de deshacerse en el agua y haberse lavado y secado el pelo, Essie permanecía sentada en la cama de su habitación, sin sentir ni el más mínimo asomo de sueño. Eran casi la una de la madrugada y se suponía que debía de estar agotada después de aquel día.

Pero el recuerdo de aquel canadiense hacía que la adrenalina corriera por sus venas como si fuera un río de fuego. No quería volver a verlo. Se mordió el labio al recordar su rostro durante los últimos minutos de conversación y se estremeció. ¡Prefería morir a tener que verlo otra vez! Pero tendría que desayunar... ¿Desayunaría Xavier en su habitación? Por supuesto, ella también podría llamar al servicio de habitaciones para pedir que al día siguiente le subieran el desayuno, pero también tendría que ir a pagar su estancia en recepción... Y entonces podría encontrárselo...

¡Oh, pero no podía ser tan mentecata! Era perfectamente capaz de manejar a Xavier Grey; había conseguido superar lo de Colin, ¿o no? Y también había sobrevivido a las consecuencias de cortar con Andrew en la universidad. Era curioso que hubiera relacionado a los dos hombres. O quizá no tanto, si pensaba en ello. El primero, su padrastro, la había convertido en una presa fácil para el segundo.

Pero aquel no era momento para reflexionar sobre el pasado. Se enderezó, abrió los ojos y volvió a descolgar el teléfono. Llamaría inmediatamente a recepción y pediría que le tuvieran preparada la cuenta para la primera hora de la mañana. En cuanto pagara, sin desayunar siquiera, tomaría el primer tren que fuera para su casa. Aquel había sido un episodio desafortunado, pero nada más. Volvía a tener las riendas sobre su vida.

Asintió para sí, ignorando el efecto que tenía en su estómago el recuerdo de aquel hombre de ojos fríos como el hielo y capaces de transformarse en la más cálida de las miradas. Y también en aquella dura boca que se había relajado en un gesto de ternura minutos antes de que Xavier hubiera averiguado quién era realmente ella.

¡Pero ella no quería que Xavier Grey fuera tierno con ella!, se dijo severa. Un hombre como él, rico y poderoso, salía con cientos de mujeres. Jamás miraría dos veces a una persona insignificante como ella. No tenía ni los contactos adecuados, ni los amigos adecuados... Ella no tenía la menor idea de cómo era su mundo. Y tampoco quería saberlo. Xavier solo la había encontrado atractiva físicamente. Si ella hubiera sido como él pensaba, habría intentado acostarse con ella y la habría olvidado a la mañana siguiente.

Las cosas no habían salido tal como esperaba, pero saberlo no le proporcionaba ningún consuelo y aquello la inquietaba todavía más. No, definitivamente, no quería encontrarse con Xavier Grey otra vez, afirmó con fuerza, y se aseguraría de que así fuera.

Capítulo 3

ME estás diciendo que saliste a toda velocidad del hotel sin ver a ese pobre hombre otra vez? ¿Ni siquiera le dejaste una nota diciéndole que lo sentías?

Essie miró a Jamie con el ceño fruncido.

—No era ningún «pobre hombre», Jamie —respondió fríamente—. Y tampoco salí a toda velocidad.

—¿No?

—¡No!

—De acuerdo, de acuerdo —Jamie alzó las manos para apaciguarla y como Essie continuaba fulminándolo con la mirada, añadió en tono conciliador—: Pero es que todo esto es tan impropio de ti…

Essie frunció el ceño un instante y suspiró.

—Lo sé Jamie. Y supongo que por eso te lo he contado, porque me siento culpable. Pero ese hombre es un tipo terrible, arrogante y…

—¿Y?

Essie se encogió de hombros. No sabía cómo explicar lo inexplicable y deseaba no haberle contado nada a Jamie. Y no lo habría hecho si no hubiera sido porque ambos estaban todavía bajo los efectos de la noticia que les había dado Peter aquella mañana: quería vender la clínica e irse a vivir a otra ciudad. Inmediatamente después, Jamie le había sugerido que comieran juntos para analizar las posibilidades que tenían. Una vez agotado el tema, Jamie le había preguntado por la boda y Essie, que había bajado sus defensas ante la repentina inestabilidad de su futuro, le había contado todo lo ocurrido.

—En cualquier caso, ya ha pasado todo y ya tenemos suficientes problemas de los que preocuparnos.

Jamie asintió consternado. Había empezado a trabajar en la clínica un año antes que Essie y ambos consideraban sus trabajos como algo seguro. Peter Hargreaves había adquirido aquella vieja clínica doce meses antes de haber contratado a Jamie y la había reformado totalmente, transformándola en un moderno establecimiento. Pretendía convertir aquella clínica en el trabajo de su vida, o por lo menos eso era lo que les había dicho, pero al parecer le habían hecho una oferta que no podía rechazar: un viejo amigo suyo que trabajaba en Nueva Zelanda le había propuesto que fuera su socio. Al parecer, la oferta era demasiado buena como para desaprovecharla.

Hasta el momento, solo había aparecido un posible comprador al que traspasar la clínica, pero era un viejo veterinario que pretendía llevar a trabajar con él a sus dos hijos, ambos veterinarios también, si la compraba. Peter había vacilado hasta entonces, porque eso significaría tener que despedir a Essie y a Jamie, pero el tiempo apremiaba y no podía continuar retrasando el momento de venderla.

—¿Tú qué piensas hacer? —preguntó Jamie con tristeza—. Quizá tengamos que irnos a otra parte del país.

Essie asintió lentamente. Ya había pensado en ello y la perspectiva de abandonar su casa le parecía aún peor que la de perder el trabajo. Pero las posibilidades de encontrar otro puesto de veterinaria cerca de allí eran prácticamente nulas.

—Supongo que lo que tendremos que hacer es empezar a buscar trabajo —se esforzó en esbozar una sonrisa para consolar a Jamie. Su situación era más dramática que la suya, puesto que estaba comprometido con una chica del pueblo.

Normalmente, Essie disfrutaba del paseo de vuelta desde el pub a la clínica, pero aquel día era incapaz de fijarse en los árboles que bordeaban el camino o en las hermosas casas de aquella parte de la ciudad. Tampoco tenía ganas de intercambiar bromas con Jamie.

Y, cuando estaban girando ya hacia el camino de grava que conducía a la clínica, se quedó completamente paralizada. Jamie caminó unos cuantos pasos antes de darse cuenta de que no lo seguía. Se detuvo él también y al ver la cara de Essie, retrocedió precipitadamente.

—¿Qué ocurre Essie?

Durante unos segundos, Essie fue incapaz de contestar. La visión de un Mercedes azul oscuro aparcado en frente de los escalones de la entrada principal la había dejado sin habla. Pero no tenía por qué ser suyo, se aseguró con fervor. Tenía que haber cientos de Mercedes como aquel. Lo que ocurría era que no se había fijado en ellos hasta el día de la boda. Miró la matrícula y el corazón comenzó a latirle con violencia.

—Ese coche...

—Bonito, ¿eh? —comentó Jamie.

—Creo que es... del hombre del que te he estado hablando —susurró Essie débilmente.

—No hombre, no. Un tipo como ese no se molestaría en intentar buscarte, Essie... ¿O sí?

—Quizá —la impresión había oscurecido los ojos violeta de Essie—. Sí, de hecho, creo que es algo muy propio de él.

—Bueno, en cualquier caso no puedes quedarte fuera toda la tarde —comentó Jamie intentando ser razonable—, y tenemos que preparar el quirófano. Vamos. Ni siquiera estás segura de que sea él.

Pero Essie estaba segura. Y, además, resultó ser él.

—Essie —en cuanto Jamie y ella entraron en el vestíbulo, Peter apareció como por arte de magia al final de las escaleras—. ¿Puedes venir un momento? Hay alguien que quiere verte.

Evidentemente, Xavier ya había conseguido hechizar a su jefe, pensó la joven sombría. Peter nunca era tan afable con una visita inesperada. Guardaba su privacidad celosamente; de hecho, ella y Jamie solo habían estado en su casa, que tenía en la parte de arriba de la clínica, en una ocasión, con motivo de la Navidad.

Essie subió las escaleras sintiéndose como María Antonieta de camino a la guillotina. En cuanto llegó al último escalón, Peter la instó a entrar en su casa.

—Os dejaré solos un momento —dijo—. Tengo que hablar con Jamie sobre esas vacas con cólico a las que hemos ido a ver esta mañana. Uno de los trabajadores se había dejado dos sacos de nabos en el establo, el maldito idiota... Y no se le ha ocurrido decírnoslo cuando hemos ido a verlas, no sé cómo...

Peter cerró la puerta tras él sin dejar de hablar y Essie se encontró entonces en medio de la habitación, frente a Xavier Grey, que se había levantado nada más entrar ella.

—¿Prefieres que te llame Essie o Esther? —era la misma voz ronca y profunda que la había perseguido en sueños desde el día de la boda. Essie tuvo que esforzarse para no empezar a temblar ante el impacto que aquella voz tuvo en sus maltrechos nervios.

Xavier tenía un aspecto maravilloso. Pero aquel pensamiento no era en absoluto bienvenido en esas circunstancias. Sobre todo, teniendo en cuanta que ella estaba echa un desastre. Después de haber pasado la mañana trabajando, solo había tenido tiempo de lavarse las manos y peinarse. Llevaba unos viejos vaqueros y una sudadera y era vergonzosamente consciente de que todavía conservaba el olor de las vacas.

Xavier Grey permanecía frío, sin expresión, absolutamente imperturbable. Pero sus pensamientos corrían a toda velocidad. Essie era más adorable de lo que la recordaba. Estando ahí enfrente, con su maravillosa cascada de rizos recogida en una cola de caballo y libre de maquillaje, podía robarle la respiración a cualquiera.

—Todo el mundo me llama Essie —le sorprendió la firmeza de su voz, teniendo en cuenta que se sentía como un amasijo de nervios.

—¿Y no te importa?

—¿Por qué habría de importarme?

Essie no era un nombre para ella; aquella mujer era demasiado frágil, demasiado hermosa para que la llamaran así. Esther era el nombre que le daban los persas a las estrellas; y la elusiva belleza de las estrellas encajaba perfectamente con ella. Pero en vista de lo susceptible que era a cualquier comentario sobre su aspecto, era preferible que no se lo dijera. Para Xavier Grey era una experiencia nueva tener que cuidar lo que iba a decir. Y descubrió que no le gustaba. Fue ese el motivo por el que contestó cortante:

—Por nada.

Essie lo miró con recelo. ¿Qué diablos estaría haciendo allí?

—Señor Grey...

—Llámame Xavier, por favor.

—No sé lo que estás haciendo aquí, pero si pretendes ponerme las cosas difíciles...

—Por supuesto que no —estaba siendo demasiado duro, demasiado cortante, pero lo había herido en lo más vivo al interpretar que había ido allí para vengarse. ¿Qué opinión tenía aquella mujer sobre él?, se preguntó en silencio. Forzándose a hablar en un tono más conciliador, añadió—: He venido a disculparme, eso es todo.

—¿Tú? ¿A disculparte? —inmediatamente bajó el tono de voz—. No tienes por qué hacerlo. Fui yo la que... —aquel hombre era el más atractivo del mundo, se descubrió pensando. Y no había terminado de hacerlo cuando ya la aterraban las implicaciones de que su cerebro hubiera sido capaz de generar un pensamiento así.

—Al contrario —dijo Xavier suavemente—. Fui yo el que se precipitó a sacar conclusiones que no tenía ningún derecho a asumir. Pretendía decírtelo al día siguiente de nuestra discusión, pero te fuiste antes de que pudiera hacerlo.

—Tenía que volver a la clínica.

Xavier la miró con los ojos entrecerrados.

—Como creo que ya te comenté, tenía previsto viajar a Alemania esa misma mañana, de modo que hasta ahora no me ha sido posible propiciar un nuevo encuentro.

¿Propiciar un nuevo encuentro? Aquel tipo era ridículamente educado.

—Mira, voy a estar por esta zona durante un día o dos. Quizá podrías permitir que te invitara a cenar, para intentar arreglar las cosas —le pidió Xavier suavemente.

Essie se quedó mirándolo fijamente, intentando pensar la fórmula más educada para rechazar la invitación.

—Lo siento —forzó una sonrisa—. Me temo que en este momento estoy absolutamente sobrecargada de trabajo. No voy a poder salir ninguna noche contigo.

—Pero supongo que paras en algún momento para comer, ¿no?

Su tono sugería que era perfectamente consciente de que había ido a almorzar con Jamie. Essie se sonrojó violentamente, pero la brusquedad de la pregunta de Xavier le dio fuerzas para responder:

—Por supuesto —ella también podía ser fría como el hielo si se lo proponía—. Pero normalmente me limito a comer un par de sándwiches y por la noche, llego a casa en tal estado —señaló sus pantalones—, que lo único que me apetece es darme un baño y relajarme viendo la televisión.

—Entonces debe de quedarte muy poco tiempo para divertirte.

Essie no era capaz de calibrar su tono de voz, pero sabía que no le gustaba y aquella sequedad mezclada con cinismo, incredulidad y cientos de insinuaciones no bienvenidas, intensificaron el color de sus mejillas. Desde que lo conocía, aquel hombre no había parado de insultarla y llamarla mentirosa y ya estaba comenzando a hartarse.

—No todos estamos tan interesados como usted en divertirnos, señor Grey —repuso con frío desdén—. Algunos tenemos que trabajar para vivir.

Xavier se quedó mirándola en silencio durante cerca de quince segundos. A continuación, esbozó una sonrisa que solo podía ser descrita como desdeñosa.

En ese momento, no había nada que le apeteciera más a Essie que abofetearlo.

—Mucho trabajo y nada de diversión —dijo Xavier arrastrando suavemente las palabras. No añadió nada más, pero no hacía falta que lo hiciera para saber que estaba llamándola aburrida.

—No pretendo ser mal educada —replicó ella con acidez—, pero estoy ocupada, señor

Grey. Y si ya ha dicho todo lo que ha venido a decirme, me gustaría regresar al quirófano.

—¿Estás diciéndome entonces que ni siquiera vas a cenar conmigo, después de que yo me haya desplazado hasta aquí para hacer las paces? —preguntó fríamente—. ¿No te parece un gesto... de mala educación?

—¿Mala educación? —Essie dominó rápidamente su cólera. ¡No iba a dejarse llevar por las provocaciones!—. Pensaba que habías dicho que ibas a estar por la zona un par de días —le recordó con falsa dulzura—. Y estoy segura de que estarás demasiado ocupado para preocuparte de si voy a cenar o no contigo.

A pesar de tener un aspecto tan frágil, aquella mujer era tan venenosa como una cobra, pensó Xavier, sombrío.

—Pero yo quiero cenar contigo, Essie —algo le decía que lo mejor que podía hacer era largarse inmediatamente de allí y olvidarse de Esther Russell para siempre, pero decidió ignorarlo. Había pasado mucho tiempo desde la última vez que había deseado a una mujer como deseaba a Esther. Y más tiempo todavía desde la última vez que alguien lo había rechazado.

—Y lo que quieres lo consigues, ¿no es

eso? —Xavier estaba tan cerca de ella que podía distinguir su deliciosa fragancia. Y no le hacía ninguna gracia el efecto que aquel aroma tenía en sus sentidos.

—Exactamente —contestó, con una sonrisa carente de humor.

—Pues bien, esta vez no lo vas a conseguir —en realidad, ni la propia Essie sabía por qué estaba tan enfadada, pero el caso era que empezaba a olvidarse ya de toda precaución—. Y tengo que decirte que eres el hombre más arrogante, presuntuoso, vanidoso...

—¿Vas a volver a recitar la lista de mis virtudes? —la tomó de la muñeca y la atrajo hacia él antes de que Essie pudiera reaccionar. La besó con dureza y enfado. En el primer momento, Essie ni siquiera podía creer lo que estaba pasando; y aquella incredulidad operó en contra de su enfado porque cuando llegó el momento en el que podría haber respondido, estaba ya embriagada de deseo.

Era consciente de que debería sentirse ofendida. Quizá incluso asustada ante el poder y la fuerza de los musculosos brazos que la abrazaban, pero ambos sentimientos estaban completamente ausentes. Eso era lo más peligroso. Pero no podía evitarlo. La excitación danzaba en cada poro de su piel.

Y un calor intenso y casi doloroso le hacía arquearse contra él mientras el beso cambiaba de la dureza a la persuasión.

Con la cabeza apoyada contra el brazo de Xavier, Essie se oyó a sí misma gemir de placer. Pero ni siquiera así fue capaz de romper el hechizo. Podía sentir los latidos del corazón de Xavier contra su pecho, la inconfundible dureza de su excitación contra su vientre, pero jamás en su vida la habían besado de aquella manera y cualquier pensamiento lúcido quedaba sepultado por la exquisita locura de aquella sensación.

Había leído novelas en las que las mujeres eran arrastradas por oleadas de pasión, había visto películas en las que una mujer era capaz de desmayarse de deseo, pero jamás había imaginado que esos sentimientos fueran reales. Sin embargo, lo que le estaba ocurriendo era real. Xavier era real. Y tenía que reconocer que besaba como los ángeles. Andrew la había llamado frígida más de una vez. Cada vez que detenía sus intentos de llevar demasiado lejos un beso o insistía en pararle las manos se lo decía. Pero no lo era. Xavier Grey acababa de demostrarlo.

Xavier deslizó las manos bajo la sudadera y las subió hasta alcanzar sus senos.

Essie gimió arrebatada de placer al tiempo

que pensaba desesperada que aquello estaba terriblemente mal. Pero entonces, oyó a Xavier susurrar su nombre contra sus labios y se arqueó furiosamente contra él. Solo el sonido de pasos en la escalera consiguió separarlos.

Para cuando Peter Hargreaves entró en la habitación, Xavier estaba asomado a la ventana y Essie sentada a una prudente distancia de él. El millonario se volvió hacia el recién llegado y comentó:

—Tu casa está en un lugar ideal, Peter. Tienes una vista magnífica.

—Maravillosa, ¿verdad? —Peter apenas la miró mientras se acercaba a Xavier—. Sentiré dejar esta casa, pero Carol y yo pensamos que la oferta que nos han hecho en Nueva Zelanda es demasiado buena para rechazarla. Además, este es un buen momento para irnos, ahora que los niños todavía son pequeños.

Xavier asintió. Durante una décima de segundo, escrutó con la mirada el sonrojado rostro de Essie, antes de volver a prestar atención a su interlocutor.

—Creo que Essie estaba a punto de marcharse, pero me gustaría hablar un momento contigo si tienes tiempo.

—Por supuesto que sí.

Peter era un genio, pensó Essie. Había

visto el Mercedes y el Rolex que llevaba Xavier en la muñeca y había comprendido que era un hombre rico.

—Adiós, Essie —Xavier la miró fijamente y en aquella ocasión estuvo claro como el cristal que le estaba diciendo que se marchara.

Essie se quedó mirándolo durante un instante con el orgullo herido. Aquel beso no había significado nada para él. ¡Absolutamente nada! Lo había utilizado para darle una lección, pensó desolada. Y había tenido mucho más éxito del que seguramente esperaba. Porque prácticamente le había suplicado que hiciera el amor con ella. Y con su actitud, Xavier acababa de dejar muy claro que ella no significaba nada para él y que la invitación a cenar había sido únicamente un gesto de educación. Nada más.

Essie se enderezó y, dándole a sus palabras toda la frialdad de la que fue capaz, se despidió:

—Adiós, señor Grey —e, inmediatamente, salió.

Una vez en el descansillo y tras haber cerrado la puerta, permaneció completamente quieta durante algunos segundos, intentando recuperar la compostura. Debía haberse vuelto loca, esa era la única explicación para su comportamiento. Cerró los ojos con fuerza, intentando vencer el sentimiento de humillación. ¿Cómo podía haber dejado que Xavier Grey, que cualquier hombre, la tratara de esa forma?

Bajó lentamente las escaleras, luchando contra la tentación de ponerse a llorar como un bebé o subir a abofetear a Xavier. Pero ninguna de aquellas opciones era válida. Porque no podía culpar a nadie, salvo a sí misma, de lo ocurrido. Por mucho que le doliera la verdad, sabía que había sido ella la que había comenzado aquella ridícula farsa.

Essie no se enteró de cuándo se marchó Xavier, pero no fue capaz de sacárselo de la cabeza en toda la tarde. Eran más de las siete cuando salió de la clínica, agotada y sombría. Sin embargo, al llegar a la tapia de su pequeño jardín, rebosante de jazmines y madreselvas, la ya familiar sensación de placer consiguió penetrar su cansancio físico y mental.

Aquella diminuta vivienda se encontraba en un estado lamentable la primera vez que la había visto, pero meses de duro trabajo habían conseguido transformarla en un verdadero hogar, suficientemente grande para una persona. Contaba con un baño y un dormitorio en el piso de arriba y una estancia que hacía las veces de cuarto de estar y cocina en el de abajo.

El piso era de dimensiones liliputienses, aunque aun así le había costado mucho arreglarlo, pero el jardín era otra cosa. Además de ser bastante espacioso, había sido el orgullo y la alegría de la anciana dama que habitaba antes aquella casa y Essie lo adoraba.

Al abrir la puerta de la entrada, dejó que su mirada vagara por el suelo de madera y los sofás y las sillas, iluminados a aquella hora por los últimos rayos del sol. Al igual que siempre, la paz y la alegría la inundaron al entrar. Aquello era suyo, todo suyo. No le importaba saber que probablemente tendría que estar pagando aquella casa durante el resto de su vida: era suya.

El repentino sonido del teléfono interrumpió su ensueño, haciéndole volver bruscamente al mundo real. Gimió malhumorada antes de descolgar. Esperaba que no se tratara de una urgencia. Supuestamente, aquel mes era Jamie el que tenía que hacer las guardias, pero si él ya había ido a atender otra llamada, Peter podía llamarla a ella.

—Esther Russell —aquella distante contestación jamás había detenido a Peter, pero Essie no dejaba de conservar la esperanza de que alguna vez lo hiciera—: ¿En qué puedo ayudarlo?

—Así que esta vez vas a usar tu verdadero

nombre —aquella voz ronca y profunda hizo que el corazón le dejara de latir—. Te sienta mucho mejor que Essie.

—¿Quién es? ¿Quién me llama? —sabía exactamente quién era, pero no iba a darle la satisfacción de decírselo.

—Xavier.

—Oh... —tuvo que tragar saliva antes de poder preguntar—: ¿Cómo has conseguido mi número de teléfono?

—No creo que sea un número secreto...

—No, por supuesto que no, pero... —se le quebró la voz y tomó aire—. Creía que esta tarde ya habíamos dicho todo lo que había que decir.

—¿De verdad? Es extraño, porque yo tengo la sensación de que no nos hemos dicho nada.

Essie aborrecía a aquel hombre. Lo odiaba con toda su alma.

Se hizo un largo silencio y aunque Essie no quería ser la primera en romperlo, se descubrió preguntando:

—¿Qué es lo que quieres?

Si hubiera sido sincero en su respuesta, Essie le habría colgado el teléfono inmediatamente, se dijo él antes de contestar:

—No quiero nada, Essie.

Y ella era tan ingenua como para creérselo. En aquella ocasión, estaba decidida a no romper el silencio. Tras unos treinta segundos de espera, Xavier dijo con voz fría y distante:

—¿No me crees?

—No, no te creo.

—¿Por qué?

—Porque los hombres que quieren sexo siempre ocultan sus intenciones —no había terminado de decirlo cuando ya se estaba arrepintiendo. Era peligroso revelar nada de sí misma a Xavier Grey y con aquella frase había dicho ya demasiado—. Mira, Xavier, acabo de llegar a casa, quiero ducharme y comer algo así que, si no tienes nada más que decir…

—¿Habría alguna diferencia si lo hubiera?

—No.

—Estupendo —y colgó el teléfono.

Capítulo 4

AL salir al jardín después de la ducha, Essie, rodeada del olor a rosas y la deliciosa brisa de la noche, se ajustó el cinturón de la bata con el ceño fruncido.

Normalmente, le encantaba aquel momento del día en el que la naturaleza se preparaba para la noche y la invadía la relajante sensación de tener el trabajo hecho, al menos por unas horas. Pero aquella noche... aquella noche, estaba hecha un auténtico lío, pensó irritada. Y todo por culpa de Xavier. Nada había vuelto a ser lo mismo desde que lo había conocido.

Caminó hasta el viejo banco de madera

que había bajo un lilo y se dejó caer en él con un profundo suspiro. De pronto, todo comenzaba a salir mal. Hacía solo una semana, tenía un trabajo del que disfrutaba con pasión, una casa que le encantaba y su futuro se extendía ante ella como una barca sobre el mar en calma. Había sido conocer a Xavier y descubrirse repentinamente en medio de una tormenta que amenazaba con llevárselo todo. Iba a tener que luchar duramente para conservar lo que tenía.

Se inclinó sobre el respaldo del banco y dejó que su mente vagara como pocas veces se lo permitía.

Tenía solo diez años cuando su padre había muerto en un accidente de coche y doce cuando su madre se había casado con Colin Fulton. Los años siguientes, hasta que por fin había escapado a la universidad, habían sido un infierno.

Colin era viudo y al mudarse a la casa de la madre de Essie se había llevado con él a sus tres hijos. Al principio, Essie pensaba que iba a ser maravilloso. Pero pocos días después de la ceremonia, el atento padre que había cortejado a su madre durante seis meses se había convertido en un déspota autoritario que no dudaba en utilizar sus puños para implementar su tiránico régimen. Entonces había podido comprender Essie por qué sus hijos eran tan callados y retraídos, por qué jamás hablaban, a menos que alguien se dirigiera a ellos.

Pero ella se había revelado. Los ojos de Essie se oscurecieron. Había luchado contra su padrastro de todas y cada una de las maneras y si no hubiera sido por su temor a dejar sola a su madre con él, se habría ido de casa mucho antes. Pero su madre había muerto justo un mes después de que Essie hubiera conseguido la nota máxima que le permitiría ir a la universidad, y aunque el certificado de defunción decía que había muerto de un ataque al corazón, Essie siempre había pensado que Colin la había matado con su crueldad. Tras la muerte de su madre, concretamente después del funeral, se había enterado a través de uno de los amigos de Colin de que la primera mujer de este se había suicidado. Y la verdad era que entendía perfectamente sus motivos.

Pero, de alguna manera, la muerte de su madre la había liberado. Essie había dejado la casa familiar menos de veinticuatro horas después y jamás había vuelto a ponerse en contacto con su padrastro.

Uno de sus hermanastros, el mayor de los tres hijos de Colin, le había escrito poco después de que Essie hubiera terminado los estudios; se había marchado ya de casa y, a partir de entonces, se veían de vez en cuando. Él, al igual que Essie, odiaba a Colin, pero su padrastro tenía todavía dos hijas viviendo con él que, según su hermano, nunca se marcharían de casa. Su padre les había quebrado la voluntad a muy temprana edad convirtiéndolas en dos marionetas a las que manejaba a su antojo.

Essie se estremeció al pensar en ello. La atormentaba imaginarse la existencia que esas dos jovencitas iban a llevar. Se tensó en el banco. Hacía falta vivir con un hombre violento y cruel para comprender verdaderamente lo que era el terror, pensó con amargura. El miedo constante, la degradación, la batalla interna para no sucumbir a sus demandas, para no convertirse en su esclava; e incluso la vergüenza de sentirse aliviada cuando desahogaba con otro su furia, porque eso significaba que, al menos durante un rato, no repararía en ella.

Essie estaba hecha un desastre emocionalmente cuando había ido a la universidad. Durante la primera semana del curso había conocido a Andrew, un joven amable y delicado que parecía adorarla. Essie se había enamorado perdidamente de él. Y Andrew la había utilizado... y cómo.

Se levantó bruscamente, se acercó al rosal que trepaba por la vieja tapia del jardín y aspiró la fragancia de las rosas con los ojos cerrados. Pero aquella noche no era capaz de cerrarle la puerta a los recuerdos. Por alguna razón, parecían decididos a correr libremente por su mente.

Entonces Essie no se había dado cuenta de que Andrew la consideraba únicamente un trofeo: «la chica más guapa de la universidad», así era como la llamaba. Hasta que una de sus amigas, que estaba saliendo con un amigo de Andrew, había sido incapaz de seguir permitiendo que la engañara.

Al parecer, Andrew había tenido centenares de aventuras mientras se suponía que estaba devotamente entregado solo a ella. Y Essie, estúpidamente incrédula, había estado lavándole la ropa, cocinándole e incluso prestándole dinero durante todo ese tiempo. Estaba tan emocionada al haber encontrado alguien que la amara que nunca tenía la sensación de ser suficientemente maravillosa. ¿Cómo podía haber sido tan estúpida?

Había tenido que trabajar durante cada hora del día y la noche para financiarse los estudios, estudiar desesperadamente para conseguir buenas notas y atender a Andrew durante su tiempo libre. No le extrañaba que, al terminar con él, hubiera quedado con los nervios destrozados.

Pero al final había demostrado ser más

fuerte que el dolor y la angustia. Fijó la mirada en su casa y asintió lentamente. Mucho más fuerte. Le había llevado tiempo, pero lo había conseguido y por fin sabía exactamente lo que esperaba de la vida. Y, desde luego, en sus proyectos no estaba incluido ningún hombre. Su trabajo y su casa eran todo lo que necesitaba.

¿Y Xavier Grey? Aquel absurdo pensamiento, le hizo girar violentamente y endurecer el gesto de su boca. Xavier Grey no era nadie, nada, no podía serlo. No permitiría que ningún hombre se metiera en su vida otra vez.

★ ★ ★ ★ ★ ★

—Peter, no puedes hacerme esto. No puedes. Por favor, Peter, piénsatelo bien.

—De acuerdo, Essie, entonces dime que otras alternativas tengo, ¿eh? ¿Acaso ha encontrado ya Jamie otro trabajo? ¿Lo has encontrado tú? Y si acepto la oferta de McFarlane vendrá con sus dos hijos y no necesitará a nadie más. De esta forma, podréis conservar vuestro puesto de trabajo, vuestras casas… Nada cambiará.

¿Que nada cambiaría? ¿Acaso se había vuelto loco? Essie se quedó mirando fijamente a su jefe. Peter estaba claramente irritado con ella por la falta de entusiasmo con la que había recibido una noticia que él consideraba magnífica. Xavier Grey había hecho una oferta excelente por la casa y la clínica y estaba completamente de acuerdo en que Essie y Jamie conservaran su puesto de trabajo. Tenía intención de utilizar la vivienda cuando tuviera que estar en Inglaterra. Al parecer, tenía negocios en Dorking y Crawley y consideraba que la clínica estaba a la distancia ideal de ambas localidades.

—Pero Xavier Grey no es veterinario. ¿Para qué diablos quiere una clínica, Peter? Podría comprarse un apartamento en cualquier otra parte, por el amor de Dios. Esto es una locura.

Peter miró a la joven que tenía frente a él, a la que siempre había considerado adorable, y dijo secamente:

—¿Por qué no se lo preguntas tú? Me comentó que iba a llamarte la otra noche, la primera vez que me dijo que podía estar interesado en la propiedad. Pero por lo visto no lo hizo.

Essie miró a su jefe, sonrojándose al recordar la llamada de teléfono de Xavier.

—Sí, me llamó. Pero... yo estaba ocupada —farfulló—. Lo llamaré de todas formas —añadió con vigor—. Porque no entiendo absolutamente nada.

—De acuerdo, Essie —Peter conocía parte

de la historia de Essie; esta se la había contado a Carol antes de comenzar a trabajar en la clínica. Esa fue la razón por la que su voz se suavizó al añadir—: Pero recuerda que también estamos hablando del trabajo de Jamie, ¿de acuerdo? Ten, este es el número de teléfono de Xavier. Llámalo desde aquí si quieres.

Aquello era injusto. Essie lo dijo con la mirada antes de volverse y dirigirse al pequeño despacho de la clínica. Además, ya llamaría a Xavier desde la privacidad de su propia casa más tarde. ¡No quería que nadie oyera lo que tenía que decirle!

No tuvo que tomarse la molestia de llamarlo porque un par de horas después de la conversación que Essie había mantenido con Peter, apareció Xavier en la clínica.

Essie se lo encontró en el vestíbulo justo en el momento en el que ella acababa de terminar una operación y Xavier llegaba. La impresión de encontrárselo allí de manera tan inesperada, hizo que su cerebro dejara de funcionar durante algunos segundos.

Pero pronto comenzó a trabajar nuevamente, aunque de manera completamente errónea. Para empezar, le decía que aquel hombre estaba imponente. Tenía un aspecto duro y atractivo como el de cualquier protagonista de una película del Oeste. Y a continuación cometió la traición de recordarle que había estado reproduciendo constantemente aquella imagen desde la última vez que lo había visto y que incluso en los momentos en los que más concentrada estaba con alguno de sus pacientes, su imagen permanecía allí, en el perímetro de su conciencia.

—Buenos días —dijo Xavier suavemente.

Peter, que acababa de asomarse desde la puerta de su casa, intervino haciendo gala de un tacto muy poco habitual en él.

—Sube cuando estés listo, Xavier. Ya sabes el camino.

Xavier advirtió que Essie lo miraba con los ojos entrecerrados. Era evidente que no estaba especialmente entusiasmada con aquella visita.

—Buenos días —lo saludó Essie—. Peter no me había dicho que ibas a venir.

—No lo sabía. De hecho, ni siquiera lo sabía yo hasta hace un momento.

—Peter me ha dicho que quieres comprar la clínica, ¿es cierto?

No era así como Essie pretendía hablar con él. Ella quería llamarlo desde su casa, sentada en el cuarto de estar tras haberse tomado una ginebra con tónica que le permitiera mantenerse fría y controlada. Pero en ese momento su voz traicionaba sus nervios. Así que, obligándose a mantener el tono relajado que había empleado para saludarlo, añadió:

—¿Es eso cierto?

—Sí.

—¿Por qué?

—Por muchas razones.

Essie lo miró fijamente. Por supuesto, tenía derecho a comprar lo que quisiera, se dijo con firmeza, y esto no tenía nada que ver con ella.

—¿Y podrías decirme alguna de ellas?

—¿Te interesan de verdad? —replicó lacónicamente él.

—Por supuesto —le espetó con dureza—, trabajo aquí.

Xavier cruzó los brazos sobre aquel pecho cuya visión bastaba para robarle a Essie la respiración. Tenía los brazos tan bronceados como la última vez que lo había visto e iba vestido con unos vaqueros negros y una camisa negra que realzaban peligrosamente la sobrecogedora impresión de masculinidad que siempre transmitía.

—Sí, trabajas aquí, Essie —dijo con voz sedosa y mirada penetrante—. Pero eso no significa que tenga que decirte las razones por las que he hecho un negocio con tu jefe.

—No —admitió reluctante—, pero a menos que te avergüences de ellas, en estas circunstancias me parece una petición razonable.

—Quizá sí, quizá no. En cualquier caso, no creo que sea un tema del que se pueda hablar en medio de una jornada de trabajo. Si insistes, podemos hablar de ello más tarde. ¿Te parece bien a la hora de cenar?

Lo decía como si Essie lo estuviera forzando a cenar con ella. Se quedó mirándolo fijamente. Al cabo de unos segundos, consiguió decir con un hilo de voz:

—Esta tarde tengo una operación a última hora y después estaré de guardia.

—¿A qué hora terminas aproximadamente?

—Sobre las siete, a las siete y media quizá.

—Estupendo —sonrió—. Pasaré a buscarte alrededor de las siete.

—¿Y no te iría bien a la hora de la comida? Puedo parar durante media hora...

—Lo siento —la interrumpió—. Hasta las siete voy a estar muy ocupado.

—Pero después yo tendré que ir a casa a cambiarme...

—No importa. Esperaré.

Había vuelto a adoptar aquella cadencia perezosa que caracterizaba su hablar. Había conseguido lo que quería y estaba nuevamente dispuesto a desplegar sus encantos, pensó Essie furiosa. ¡Odiaba a aquel hombre!

—Podría tenerte años esperándome. Nunca se sabe lo que puede durar una consulta.

Xavier la miró fijamente a los ojos.

—Pero no lo harás, Essie. Confía en mí.

Caramba. Así que pensaba que además de a los humanos, tenía control absoluto sobre el reino animal, pensó Essie con ironía. Quería decir algo realmente frío y cortante, pero tenía la mente completamente en blanco y lo único que fue capaz de responder fue:

—Muy bien, pero entonces después no digas que no te había advertido que iba a estar de guardia.

—Recordaré que me lo has advertido, Essie —Xavier sabía que no debería hacerlo, que Essie estaba tan furiosa como asustada. Pero el deseo de besarla era más fuerte que cualquier precaución. De modo que alargó el brazo y tomó su rostro con delicadeza mientras inclinaba la cabeza para buscar su boca.

Essie cerró con fuerza los labios, pero no fue capaz de disimular el temblor que la sacudió al sentir el roce de los de Xavier. Aquello lo llenó de júbilo. Era posible que a Essie no le gustara, pero entre ellos había una atracción que ella sentía con tanta fuerza como él.

—No —Essie se apartó bruscamente, pero

ya era demasiado tarde. La explosión de deseo producida por aquel roce era evidente.

—Me deseas, Essie —musitó él—. Tu cuerpo me conoce, aunque tu mente esté decidida a convertirnos en adversarios.

—No —retrocedió y dijo furiosa—: ¡Aléjate de mí!

—Me deseas —fue la respuesta de Xavier. Deslizó la mirada sobre el cuerpo de Essie de tal manera que sus pezones reaccionaron como si acabara de acariciarlos. A pesar de sí misma, se cruzó de brazos y abrió los ojos como platos, intentando resistirse al hechizo de su mirada.

—No —su voz sonaba más fuerte, pero también le temblaba más que antes. Estaba desolada por la rapidez con la que Xavier había conseguido dominar sus sentidos. Aquella sensación le recordaba a la sutil dominación ejercida por Andrew y a la fuerza bruta de su padrastro. Y todo en su ser se rebelaba contra aquellos ignominiosos recuerdos—. Todos los hombres sois iguales, ¿verdad? —añadió con amargura—. Solo os interesa una cosa...

—Essie...

Había visto algo en el rostro de la joven que lo había impresionado, pero Essie no le permitió continuar. Giró sobre sus talones y se dirigió hacia la puerta que conducía al quirófano.

Oyó que Xavier la llamaba, pero no la siguió. Essie se refugió en la sala de recuperación que había al lado del quirófano y permaneció en aquella habitación durante algunos minutos. En cuanto amainó la velocidad de los latidos de su corazón y fue capaz de razonar nuevamente, la invadió una terrible sensación de vergüenza. ¿Qué pensaría Xavier de ella? Solo la había besado, si es que realmente aquella delicada caricia podía recibir el nombre de beso, y ella había reaccionado como un gato escaldado. Debía de pensar que se había vuelto loca o algo peor.

El gato que había operado aquella mañana, un animal que había salido bastante mal parado de una pelea contra otro felino, la miraba con los ojos abiertos como platos. Y cuando Essie fue capaz de concentrarse en algo que no fuera el horror que le causaba su propia conducta, se fijó en él, se acercó a su jaula y susurró:

—Oh, Winston, ojalá para mí fuera todo tan fácil como para ti —abrió la jaula y observó las cicatrices del gato.

Essie permaneció un buen rato en la sala de recuperación, acariciando al animal hasta que este se quedó completamente dormido. Se acercó a continuación a revisar a los pacientes de otras jaulas y cuando terminó fue a la cocina, donde se preparó una taza de café bien cargado. Se avecinaba un día particularmente cansado.

El destino, que Essie empezaba a sospechar que Xavier también controlaba a su antojo, hizo que la operación acabara antes de lo que había previsto. De manera que para las siete, prácticamente ya había terminado todo el trabajo pendiente.

Xavier había llegado cerca de las siete y diez, a tiempo de ver en la sala de espera al que iba a ser el último paciente de Essie: un enorme Dobermann.

Essie no esperaba ver allí a Xavier y cuando había asomado la cabeza por la puerta de la consulta para pedirle a su paciente que entrara, había pasado un momento difícil. Lo había visto sentado con las piernas cruzadas y los brazos relajadamente apoyados sobre el banco de la sala de espera, hablando animadamente con el propietario del Dobermann. Cuando Essie había entrado en la sala, él había alzado la cabeza y había sonreído. Un detalle completamente intrascendente si aquella sonrisa no hubiera transformado su habitualmente severo rostro en una cara capaz de parar el corazón de cualquier mujer con sangre en las venas.

Pero ella había sabido controlar perfectamente la situación, se dijo Essie mientras regresaba minutos después a la sala de espera. Se había mostrado tan fría, tranquila y eficaz como las circunstancias lo requerían.

—¿Tienes que atender a muchas bestias como esa? —preguntó Xavier, levantándose al verla entrar.

—¿Qué? ¿A qué te refieres?

—A ese animal al que acabas de atender —señaló hacia el vestíbulo con un movimiento de cabeza—. No me gustaría tener que acercarme a esas mandíbulas.

Essie lo miró con dureza, pensando que estaba tratándola con condescendencia. Se sorprendió al ver que era completamente sincero. Y le encantó darse cuenta de que lo había impresionado.

—Oh, Cuthbert es tan cariñoso como un gatito. Casi todos los perros grandes lo son; con los que hay que tener cuidado es con los más pequeños, que al menor descuido son capaces de arrancarte la nariz.

—¿Te han mordido muchas veces?

—Alguna, pero al final acabas teniendo un sexto sentido que te indica cuáles van a reaccionar de ese modo. La mayor parte de los animales se portan estupendamente si sabes cómo tratarlos.

Era la primera vez que hablaban de algo,

que tenían una auténtica conversación. Y a Xavier le sorprendió darse cuenta de lo importante que eso era para él. Tanto como le había sorprendido descubrirse hablando con Peter Hargreaves sobre la posibilidad de comprar la clínica. Todo aquel asunto era una auténtica locura, pero había perdido ya la cuenta de las veces que se lo había dicho a sí mismo.

—Me gustaría ver el lugar en el que trabajas, la sala de operaciones y todo eso —intentó mantener la naturalidad de su tono—. Peter pensaba enseñármelo, pero si tienes un minuto...

Se hizo un instante de silencio. Essie lo escrutó con la mirada y respondió vacilante:

—¿De verdad lo quieres ver?

—Claro que sí.

—¿Por qué?

Porque sabía que todo aquello era muy importante para ella y quería comprender el motivo.

—Soy un hombre curioso, eso es todo. Pero si prefieres que no lo vea...

En aquella ocasión el silencio se prolongó todavía más. Pero al final, Essie contestó en voz baja:

—No, te lo enseñaré si realmente te interesa.

—Gracias —dijo Xavier quedamente,

sosteniéndole la mirada hasta que Essie la desvió.

No debería haber aceptado enseñarle la clínica. Aquella idea estuvo inmediatamente acompañada por una oleada de pánico. Debería haberle dicho que eso podría hacerlo con Peter y dejarle claro que no podía haber ningún punto de conexión entre ellos.

Pero, para su sorpresa, aquella pequeña visita a la clínica salió sorprendentemente bien. A los pocos minutos, Essie se descubrió a sí misma suficientemente relajada como para contestar las preguntas de Xavier con naturalidad.

De hecho, hasta que volvieron a salir a la parte trasera de la casa, donde Xavier había dejado aparcado su coche, no fue consciente de que durante los últimos quince minutos se había dejado llevar por la estrategia de Xavier. Y entonces volvió a recordarse que era una ingenua y una estúpida, un lujo que no podía permitirse estando cerca de Xavier Grey.

Lo estuvo observando mientras le abría la puerta para que se metiera en el coche antes que él. Realmente, sus modales eran impecables.

—¿Ocurre algo?

Xavier acababa de sentarse a su lado y estaba mirándola con atención.

—¿Que si ocurre algo? —todo, ocurría absolutamente todo—. No, nada. Solo estoy un poco cansada, eso es todo. Hoy ha sido un día agotador —forzó una sonrisa—. Mira, si prefieres que quedemos más tarde, por mí estupendo —dijo rápidamente. No quería ver a Xavier en su casa—. Tengo que ducharme y cambiarme de ropa y no me importa ir sola a casa y quedar contigo en otra parte. A lo mejor te apetece relajarte tomando una copa. Yo no puedo beber estando de guardia. Además, necesito llevar mi coche a casa.

Xavier le dirigió una mirada implacable.

—Ya he pensado en todo eso antes —dijo tranquilamente.

—¿Ah sí?

Xavier señaló el asiento trasero del coche. Había en él un par de cajas llenas de provisiones: ensaladas, vinos...

—Yo prepararé la cena mientras te duchas y te cambias de ropa. Y después podrás disfrutar de una buena cena y un buen vino. Una sola copa no te hará ningún daño.

Essie pensó en su diminuta cocina y pestañeó. Y después se imaginó bañándose mientras Xavier trabajaba en la cocina y volvió a pestañear.

—No hace falta que cocines para mí —contestó rápidamente. Demasiado rápidamente, quizá—. Peter puede ponerse en contacto conmigo a través del móvil y...

—Insisto.

Essie tragó saliva.

—Y deja de tenerme miedo.

—¿Qué? —Essie irguió la espalda y alzó la barbilla—. No te tengo miedo, no seas ridículo —dijo con frío desdén—. Es solo que tengo la cocina muy pequeña y apenas tengo nada que...

—Me basta con un horno, un par de platos y un par de copas, ¿los tienes? —la interrumpió Xavier fríamente.

—Sí, pero...

—Entonces no necesitas nada más.

Claro que sí. Essie necesitaba desesperadamente conservar su anonimato en un restaurante rebosante de gente. Observó a Xavier mientras este rodeaba su resplandeciente coche y se deslizaba en el asiento del conductor. El estómago le dio un vuelco al sentirlo tan cerca de ella. Olía maravillosamente bien y parecía tan... tan...

—¿Hacia dónde vamos? —Xavier se volvió hacia ella, diciéndole con la mirada que no estaba dispuesto a discutir ni un segundo más.

Essie se sobresaltó al oír su voz, pero esperaba que Xavier no lo hubiera notado. No quería que supiera lo nerviosa que estaba. Le dio las instrucciones pertinentes y añadió:

—Está a solo un par de minutos en coche, pero en el último kilómetro la carretera empeora bastante. Hay muchas curvas.

—No habrá ningún problema.

Quizá él no viera ningún problema. Pero ella ya lo tenía. Se trataba de un problema enorme, gigante. Y era el de ir sentado a su lado. Essie permanecía tensa y en silencio, con las manos firmemente apoyadas en el regazo mientras fijaba la mirada en la carretera. Aquello era una locura. ¿Cómo se habría metido en un lío como aquel?, se preguntaba. Y seguramente, Peter no podía estar hablando en serio de lo de comprar la clínica. Era todo tan extraño.

Allí estaba él, con su ropa de diseño y su Rolex, conduciendo su impresionante Mercedes y haciéndole preguntas para que creyera que estaba sinceramente interesado en aquella pequeña clínica veterinaria. Pero un hombre como él no se gastaría miles de libras solo para ponerla en su sitio, ¿o sí? ¿Pretendería quizá convertirla en su empleada y controlar así su vida laboral? No, era imposible, nadie llevaría tan lejos su rencor... ¿o sí? Además, estaba segura de que a Xavier ni siquiera le gustaban los animales.

—¿Te gustan los animales? —se oyó preguntar, antes de tener tiempo de reconsiderar sus palabras.

—Sí, aunque tengo que reconocer que he tenido poco contacto con ellos. Mi infancia no ha sido de las más propicias para tener mascotas.

—¿Por qué? —Essie se volvió hacia su duro y frío perfil.

—Casi no había comida para llenarnos el estómago, así que mucho menos para alimentar a un perro o a un gato —replicó brevemente.

Era la última respuesta que Essie esperaba. Se quedó mirándolo fijamente.

—Lo siento. No pretendía meterme en tu vida.

—Lo sé —estaban ya muy cerca de casa de Essie, pero Xavier desvió el coche hacia la cuneta, apagó el motor y se volvió hacia ella—. Tengo que decirte unas cuantas cosas antes de que sigamos, Essie. Pareces creer que vengo de una familia rica, que he tenido una infancia privilegiada.

—No, no exactamente. Janice me explicó que habías levantado tu solo tu fortuna —lo interrumpió ella rápidamente.

—Sea como sea tu casa, te aseguro que me parecerá un palacio comparada con el cuchitril en el que crecí —continuó Xavier quedamente—. Cuando mi madre dejó Inglaterra, estaba embarazada de su primer hijo, Natalie, mi hermanastra. No tenía ni ocho meses cuando su padre abandonó a mi madre, dejándola completamente sola en un país desconocido.

Había dejado de mirarla para fijar la vista en la carretera. Essie era consciente de que hablar de aquellas cosas estaba siendo terriblemente difícil para él.

—Mi madre no era mala con nosotros, nunca nos maltrató físicamente, pero fue una mujer con una agitada vida amorosa. Cuando se quedó embarazada de mí, no sabía quién era mi padre. Los siguientes años los pasó bebiendo y asistiendo a fiestas. No tengo muchos recuerdos de esa época, pero Natalie, que era mayor que yo tuvo que llevar el peso de toda la casa. Fue ella la que me crió. Mi madre rara vez se pasaba por allí y cuando lo hacía, nunca estaba sobria. Y cuando Natalie tenía catorce años, uno de los hombres que mi madre llevaba a casa... —se interrumpió bruscamente, tomó aire y apretó los dientes.

—Oh, no —Essie sentía los intensos latidos de su corazón. Aquello era terrible.

—El resultado de la violación fue Candy. Natalie murió al dar a luz, tenía solo quince años. Mi madre, sintiéndose culpable, dejó de beber, pero había maltratado de tal manera su cuerpo que ya nunca estuvo bien. Aun así, cuidó de Candy hasta que estuvo demasiado enferma para hacerlo. Para entonces yo tenía ya dieciocho años y dinero suficiente para mantener a la familia.

—Lo siento tanto, Xavier...

Xavier se encogió de hombros. Parecía molestarlo haber revelado tantos datos de su vida.

—No importa, todo eso pertenece ya al pasado. Pero quería que supieras que no nací con una cucharilla de plata en la boca y me basta ver a una persona para saber si está o no dispuesta a trabajar. Eres una persona trabajadora y ese otro tipo, ¿Jack?

—Jamie —lo corrigió Essie rápidamente.

—Exacto, Jamie. Tuve una larga conversación con él la última vez que estuve aquí, y tengo que decir que me gustó.

Jamie no se lo había contado. Essie sintió una punzada de dolor, pero rápidamente intervino el sentido común. ¿Cómo iba a decírselo sabiendo lo que sentía por Xavier?

—Entonces... ¿te sientes ya mejor ante la perspectiva de llevarme a tu casa?

¿Mejor? Essie se sentía cien veces peor, pensó asustada. No quería saber que la infancia de Xavier había sido tan terrible, ni que había querido tanto a su hermana, ni que cuidaba a Candy como si fuera su hija. No le extrañaba que Candy lo quisiera tanto. Había sido todo para ella: su madre, su padre, su amigo, su confidente...

Pero Candy era Candy y lo que Xavier sentía por su sobrina no tenía nada que ver con lo que sentía por ella. Ella no se creía que los motivos por los que Xavier había comprado la clínica fueran puramente filantrópicos.

—¿Essie?

Le había preguntado que si se sentía mejor ante la perspectiva de pasar la velada en su casa después de lo que le había contado. E iba a tener que encontrar una mentira convincente para responder. Vaciló un instante, tiempo suficiente para que Xavier fijara sus astutos ojos en ella.

—¿Qué te pasa? —preguntó Xavier bruscamente—. ¿Nunca le das una oportunidad a nadie?

—¿Y tú? —replicó al instante.

Xavier tomó aire y lo soltó lentamente antes de contestar.

—No, supongo que no. ¿Pero no dicen que las mujeres son el sexo débil?

—¿Y débil quiere decir también incrédulo? —preguntó en tono acusador.

Xavier se reclinó en su asiento.

—¿Quién fue, Essie? —le preguntó suavemente—. ¿Quién fue el canalla que te rompió el corazón?

Essie apretó los puños.

—Ese hombre ha dejado de ser importante —dijo con voz dura—. Además, no creo que seas tú la persona más indicada para hablar. He oído decir que eres un rompecorazones.

—¿De verdad?

—Sí, de verdad —respondió con fiereza—. Y no sé por qué estás aquí ahora, pero si crees que vas a poder chantajearme para que me acueste contigo, utilizando mi trabajo como...

—¡Ya está bien!

Essie se quedó petrificada. Por un instante, aquel grito la trasladó de nuevo a una infancia en la que los gritos eran el preludio de los malos tratos de Colin. Pero rápidamente se obligó a decir:

—No te atrevas a pegarme. No te atrevas.

—¿A pegarte? —Essie se había transformado. Continuaba siendo la mujer de siempre, pero a sus ojos se asomaba un ser indefenso y asustado que, sin embargo, estaba dispuesto a no dejarse avasallar. Xavier se quedó literalmente estupefacto—. Que haya elevado la voz no quiere decir que te vaya a pegar, Essie. Jamás te haría ningún daño.

Essie continuaba completamente quieta, mirándolo en silencio.

—¿Era eso lo que él te hacía, Essie? ¿Te pegaba? —era increíble, pero en aquel momento habría sido capaz de matar al hombre que le había hecho tanto daño—. No todos los hombres son así, cariño.

Hubo algo en la delicadeza de su última palabra que la quebró. La furia, la desilusión, la humillación... eran sentimientos con los que estaba acostumbrada a luchar. Pero no la ternura.

Las lágrimas comenzaron a correr por su rostro, por su nariz, por su boca sin que pudiera hacer nada para detenerlas. Y cuando Xavier la estrechó contra él, susurrando palabras de consuelo, no fue capaz de moverse. De hecho, no quería moverse.

Capítulo 5

XAVIER descubrió que tenía una nueva lista de problemas mientras sostenía a Essie entre sus brazos.

El primero, que lo último que necesitaba era cualquier tipo de relación sentimental con una mujer. El segundo, que con quien menos lo necesitaba era con aquella mujer en particular. Se le había metido bajo la piel de una forma que no le gustaba y de pronto, deseaba haber hecho caso a lo que su intuición le había dicho desde la primera vez que había posado sus ojos en ella: escapar de su lado a toda velocidad.

El tercero era que a Essie ni le gustaba ni confiaba en él y no tenía las malditas ganas de suplicarle para que cambiara de opinión.

El cuarto se debía a que era evidente que Essie ya había sufrido suficiente en el pasado y necesitaba a alguien que tuviera más voluntad de comprometerse que él.

Y, por último, se suponía que en ese momento estaba consolándola cuando lo que en realidad deseaba era hacer algo mucho menos noble.

Estaba terriblemente excitado y a no ser que Essie fuera tan inocente como un recién nacido, pronto se iba a dar cuenta. Porque había pasado mucho tiempo desde la última vez que había deseado con tanta intensidad a una mujer.

Essie no era tan inocente como un recién nacido.

Aunque jamás le había permitido a Andrew demasiada intimidad, pensaba que estaba enamorada de él y que pasaría con él el resto de su vida y sus pequeñas escaramuzas, en las que Andrew siempre intentaba ir un poco más allá de los límites que ella ponía, la habían familiarizado con las reacciones de un hombre excitado.

Como ella nunca estaba tan excitada como él y de hecho ni siquiera tenía el menor interés en compartir ningún tipo de intimidad con Andrew, había llegado a la conclusión de que tenía algún problema.

Hasta bastantes meses después de haber roto su relación con Andrew, la joven no había sido consciente de que en realidad le disgustaban sus besos, su habitual indiferencia hacia lo que ella sentía, su falta de delicadeza cuando la acariciaba y su insistencia en hacerle responder a sus demandas.

Entonces había decidido que sí, que Andrew debía de tener razón y en realidad era frígida. Pero en aquel momento, mientras se recostaba contra el pecho de Xavier, el calor y la ansiedad que la invadían le indicaban que estaba muy lejos de serlo. De hecho, lo había sabido desde la primera vez que Xavier la había tocado. Y había sabido también que él la deseaba, tal como en aquel momento su cuerpo estaba evidenciando.

—Yo... estoy bien —balbuceó mientras se apartaba de él para reclinarse en su asiento. Xavier no intentó detenerla. Pero ya era demasiado tarde. Essie tenía grabada en la piel la sensación de su cuerpo entre los brazos de Xavier. Encajaban como dos piezas de un rompecabezas, sentía su aroma en cada poro de su piel. No le extrañaba que a Xavier le bastara chasquear los dedos para tener un ejército de mujeres tras él, pensó con pesar.

—¿Quieres que hablemos de ello?

—¿Qué? —durante un instante terrible, Essie pensó que se refería al deseo que sentía por él, pero mientras aceptaba el pañuelo que Xavier le ofrecía, comprendió exactamente lo que le estaba preguntando—. No, de verdad que no. Es una vieja historia.

Pero no lo sería tanto si todavía la hacía llorar de aquella forma, pensó Xavier. Essie todavía tenía fantasmas a los que enfrentarse, y aquel era un tema en el que podía considerarse un experto.

Asintió lentamente.

—Piensa en hablar con alguien alguna vez, Essie. No conmigo, sino con alguien en quien confíes, ¿de acuerdo? Siempre ayuda.

Essie lo miró vacilante.

—¿De acuerdo? —repitió Xavier suavemente.

—De acuerdo —se sonó nuevamente la nariz. Debía de estar hecha un desastre, pensó mientras Xavier ponía el motor en marcha.

Lo observó estirarse y acomodarse en el asiento antes de volver al fluido tráfico de Sussex y sus nervios volvieron a reaccionar ante aquel despliegue de masculinidad. Era un hombre peligroso, la última persona sobre la faz de la tierra con la que querría tener una relación sentimental. Pero, caramba, había que reconocer que era dinamita pura, pensó con un ardor que a ella misma la impactó.

—Tuerce a la izquierda —estaban a solo unos metros del lugar en el que habían estado aparcados, pero el paisaje cambiaba drásticamente.

Al final de la carretera, se veía un conjunto de casas antiguas, cada una de ellas seis o siete veces más grande que la de Essie y con unos jardines inmensos. En cuanto se las dejaba atrás, lo único que había a ambos lados de la carretera eran inmensas extensiones de campo.

—Allí es —el Mercedes devoró el medio kilómetro que quedaba hasta casa de Essie en cuestión de segundos—. Esa es la casa —señaló su pequeña vivienda—. Puedes aparcar ahí.

—¿Esa es tu casa?

Essie no podía deducir por su tono de voz qué impresión le había causado.

—Para ser sincera, todavía es del banco. Estoy pagando una hipoteca.

Salió del coche antes de que Xavier pudiera abrirle la puerta y esperó a que se reuniera con ella frente a la puerta principal, observándolo con atención mientras él contemplaba los alrededores.

La brisa del verano mecía las copas de los árboles que rodeaban la casa y se oían en la distancia las campanas de la iglesia. Xavier se volvió hacia ella, pero Essie continuaba siendo incapaz de adivinar nada en su rostro.

—Este lugar es muy hermoso. Entiendo que vivas aquí.

—¿Ah sí?

Essie no se detuvo a averiguar lo que quería decir exactamente; abrió la puerta del jardín y caminó hasta la casa, sintiendo los alocados latidos de su corazón. Se le habían cruzado los cables, pensó aturdida. ¿De qué otra manera si no podía explicar que le gustara tanto verlo allí cuando había decidido que no quería nada con él?

—¿Cuánto tiempo llevas viviendo aquí?

—Solo ocho meses —contestó, mientras buscaba la llave en el bolso. Abrió la puerta—. Tuve que arreglar completamente el interior, así que durante una buena temporada estuve viviendo aquí, durmiendo en un saco de dormir y cocinando con un camping gas. Apenas tengo ningún mueble todavía, pero ya llegarán con el tiempo. Pero por lo menos ya tengo lo más importante: la casa y la zona en la que está situada.

Xavier la siguió al interior de la casa, mirando las paredes blancas e iluminadas por el sol de la tarde. Después se giró hacia Essie y comentó, mirándola a los ojos:

—Eres una mujer tranquila.

—En realidad no. En realidad solo quería encontrar algún sitio que estuviera un poco alejado del bullicio de la ciudad, ¿sabes? —estaba empezando a parlotear sin ton ni son y era consciente de ello—. Y esta casa era tan pequeña y estaba en tan mal estado que prácticamente no había nadie que estuviera interesado en ella y...

Xavier inclinó la cabeza para besarla y el tiempo se detuvo. Essie no quería responder. Sabía que era una locura. Pero no fue capaz de resistirse a aquel beso.

Se había encendido dentro de ella un fuego que Xavier avivaba peligrosamente con cada uno de sus besos, alimentando un deseo irresistible y terriblemente potente. El sabor y la fragancia de Xavier eran la quintaesencia para su mente. Su boca, ansiosa y hambrienta, era indescriptiblemente sensual.

Si en aquel momento Xavier quisiera hacer el amor, ella no sería capaz de detenerlo, pensó mientras se extendía por todo su cuerpo una languidez dulce como la miel. Las fantasías que invadían su mente desde que lo había conocido, se encarnaban en el intenso deseo que la devoraba.

Pero Xavier no iba a hacer el amor con ella. Alzó la cabeza lentamente y dijo:

—Bueno, voy a buscar las cosas al coche mientras tú te das un baño caliente. Si necesitas que alguien te frote la espalda, no dudes en llamarme —y sin más, dio media vuelta y salió de la casa.

Essie tomó aire, suspiró sintiéndose impotente y subió las estrechas escaleras de la casa a una velocidad vertiginosa.

Una vez en su pequeño dormitorio, se derrumbó en la cama y fijó la mirada en el suelo. Se había vuelto loca. ¿Cómo podía estar deseando, considerando siquiera, la posibilidad de comenzar una relación con Xavier?

¿Una relación?, se repitió burlona. Xavier no andaba buscando ningún tipo de relación. Lo único que quería era acostarse con ella y estaba dispuesto a pagar para obtener aquel privilegio.

Había dejado claro que la deseaba y ella, involuntariamente, había azuzado su deseo al rechazarlo, cosa que probablemente no le había ocurrido nunca. Por eso la había perseguido como un cazador a su presa. La suerte y las circunstancias se habían aliado con Xavier que, sin esperarlo siquiera, se había encontrado de pronto en una situación privilegiada. Podía comprar la clínica, encontrar a alguien que la dirigiera mientras él continuaba su vida de siempre y volar hasta Sussex cuando le apeteciera echar una canita al aire.

Essie se mordió el labio con amargura. Oh, sí, Xavier pensaba que de esa forma tendría exactamente lo que quería.

Pero no lo iba a conseguir. Essie se enderezó en la cama y tensó los labios. Así pensaba decírselo. Con todo el dinero que Xavier tenía, aquella clínica no significaba nada para él. Estaba segura de que podría comprársela diez veces a Peter sin ni siquiera enterarse.

No quería perder su trabajo ni que Jamie perdiera el suyo, pero tampoco quería convertirse en la amante de Xavier Grey. El corazón le latía de forma alarmante... Pero la oleada de excitación que acompañó a aquel pensamiento era más alarmante todavía.

Un baño. Necesitaba un baño que arrastrara el cansancio del día para enfrentarse después a Xavier fresca y relajada. No se maquillaría, ni siquiera se vestiría de forma especial: nada de emperifollarse. Xavier había conseguido meterse en su vida y en su casa, pero ya era suficiente y cuanto antes conociera el terreno en el que andaba metido, mejor para ambos.

Al bajar las escaleras veinte minutos después, la recibió un delicioso olor a comida. El pelo, todavía húmedo, formaba una exuberante melena de rizos de oro sobre sus hombros.

Para ser fiel a su decisión, se había puesto unos pantalones de algodón de color verde y una camiseta beige sin mangas. No llevaba una gota de maquillaje en el rostro y su único adorno eran un par de aretes dorados. Como hacía tanto calor, había decidido prescindir de zapatos e iba descalza.

Estaba tan deliciosamente juvenil que a Xavier le dio un vuelco el corazón al verla.

—¿Quieres una copa? —preguntó fríamente mientras señalaba la botella abierta de vino—. No sabía cuál te gustaba, así que he comprado blanco y tinto. El tinto ya está abierto y el blanco lo he dejado refrescándose en un balde con agua fría.

—Tomaré tinto —se sonrojó ligeramente. Todo el mundo tenía frigorífico. Y Xavier era un millonario canadiense que debía de estar acostumbrado a una vida de lujos. Recordó entonces lo que le había contado sobre su infancia y se relajó un poco. Tanto si había tenido frigorífico como si no, Xavier sabía lo que era luchar para salir adelante en la vida. Por lo menos eso tenía que concedérselo.

El vino estaba delicioso y Essie, a pesar de sus escasos conocimientos de enología, sabía que debía haberle costado una fortuna.

—Está riquísimo —comentó mientras se acercaba a la barra que dividía la cocina de la sala y se sentaba en uno de los taburetes.

—Es uno de los favoritos de Candy —contestó Xavier—. Ella simplifica las efusivas descripciones de los enólogos sobre el *bouquet* de este vino diciendo que está de rechupete.

—Y no la culpo. A mí toda esa verborrea me parece ridícula.

—Me lo imaginaba —esbozó una críptica sonrisa y se concentró en los filetes que estaba preparando.

Essie lo miraba, preguntándose por qué el hecho de que un hombre tan viril y atractivo como Xavier cocinara le parecía algo tan sexy. Se había quitado la corbata y desabrochado algunos de los botones de la camisa, dejando al descubierto el inicio del vello que cubría su pecho. De repente, Essie sentía sus piernas como si fueran de gelatina y su respiración tampoco andaba del todo bien.

—La ensalada ya está preparada y los champiñones con tomate se están calentando en el horno —dijo Xavier—. ¿Podrías poner los platos y los cubiertos? Creo que no falta nada más.

—Sí, por supuesto —contestó nerviosa. Se bajó de un salto del taburete y comenzó a moverse por la cocina, poniendo especial cuidado en no tocar a Xavier mientras alargaba el brazo para abrir el armario. Una vez puestos los platos en la mesa, salió de la cocina como si la persiguiera un rayo.

—No muerdo, Essie.

Xavier estaba sacando los filetes de la plancha en ese momento y por un instante, Essie pensó que no le había oído bien.

—¿Perdón?

Xavier la miró con expresión de reproche.

—¿Crees que me voy a abalanzar sobre ti? ¿Es eso? —preguntó con voz queda. La suavidad de su voz contrastaba seriamente con la intensidad de su mirada.

—Lo siento, pero no sé a qué te refieres —dijo muy tensa.

—Pero lo que no lamentas es continuar tratándome como si fuera un apestado. De hecho, creo que hoy estás más decidida que nunca a considerarme un enemigo.

—¿Un enemigo? —forzó una sonrisa que se suponía debía de ser fría—. Eso es una tontería.

Xavier se cruzó de brazos y la escrutó con la mirada.

—Vamos a comer —dijo de pronto, y se volvió hacia la cocina para sacar la verdura del horno—. No sé tú, pero yo estoy hambriento.

Ella también debería estarlo porque apenas había comido nada en todo el día, pero estando Xavier a tan poca distancia de ella, su flagrante masculinidad le anulaba el apetito.

Tras dejar la fuente de la ensalada y las verduras en el mostrador, Xavier se sentó y se sirvió otra copa de vino.

—Tú todavía estás de guardia, ¿verdad? Pueden llamarte a cualquier hora.

¿Cómo era posible que una pregunta tan sencilla sonara tan sugerente? Essie contestó fríamente, procurando que sus pensamientos no se reflejaran ni en su rostro ni en su voz.

—Sí, y si me llaman de alguna de las granjas no me gustaría presentarme oliendo a alcohol.

—Una actitud discreta.

¿Discreta? ¿Cómo podía hablar de discreción mientras ella sentía su muslo rozando su pierna por culpa del minúsculo espacio de la cocina?

Essie tragó saliva, tomó el cuchillo y el

tenedor y probó el filete de solomillo a la pimienta. Estaba delicioso, tierno, jugoso y perfectamente cocinado. Recordó entonces que todavía no le había dado las gracias por haber hecho la comida.

—Has sido muy amable al traer la cena —le sonrió nerviosa.

—¿De verdad?

Essie lo miró a los ojos y distinguió en ellos un brillo de diversión. ¡Se estaba riendo de ella! Una oleada de indignación y enfado barrió los nervios que hasta entonces la invadían.

—Sí, de verdad —replicó fríamente. Fijó nuevamente la mirada en el plato y clavó el tenedor en un champiñón.

—Nunca había conocido a una mujer que se enfadara ni tan rápido ni tantas veces —le dijo Xavier secamente.

—Y supongo que has conocido a muchas —contestó, enfadada consigo misma por no haber sido capaz de disimular su mal humor.

—¿Quién te ha dicho eso?

—Lo dice todo el mundo.

—¿Todo el mundo? —Essie era consciente de que la estaba estudiando con la mirada, pero se negaba a volverse—. Bueno, pues incluso aunque esa ridícula suposición fuera verdad, supongo que solo sería asunto mío. No creo que tenga que pedir disculpas porque me gusten las mujeres. Siempre he pensado que ese es uno de los motores que mueven el mundo: la atracción entre mujeres y hombres. Si no hubiera sido por eso, el planeta llevaría años desierto.

Tenía respuesta para todo. Essie apretó los dientes, admitiendo para sí que había perdido aquella batalla. Pero no la guerra, por supuesto.

—Mira, ¿por qué no hacemos una tregua, aunque solo sea durante el tiempo de la cena? —le pidió Xavier segundos después—. No quiero que se me indigeste y, francamente, me gusta disfrutar de la comida, sobre todo después de haberme pasado cuatro horas esclavizado en la cocina.

Essie lo miró entonces; las arrugas que rodeaban sus ojos anunciaban una sonrisa y ella no pudo evitar responderle de la misma manera.

—Así está mejor —exclamó Xavier al verla sonreír—. Eres demasiado seria, ¿sabes? Y ya conoces la historia de Jill, una niña que a fuerza de no jugar se convirtió en una chica aburrida.

—Muchas gracias —respondió con acritud—. Estoy segura de que eso es algo de lo que a ti nadie puede acusarte.

—¿De aburrido?

—No, de no jugar —le dirigió una mirada glacial.

—Tienes razón.

¡Aquel hombre era imposible! Essie comió otro trozo de carne... Que, por cierto, estaba absolutamente deliciosa y le recordaba a su estómago que estaba extremadamente hambrienta.

Cuando terminó su plato, Xavier se levantó y fue a buscar el postre, una deliciosa tarta de fresas de la que sirvió una gran porción a Essie, acompañada de una bola de helado.

—¡Al ataque! —le dijo divertido—. Me encantan las mujeres que comen bien.

El ambiente comenzaba a ser demasiado íntimo y familiar; Essie tenía que romper el hechizo cuanto antes.

—Xavier, acerca de tu oferta...

—Come —la interrumpió él con una sonrisa. Pero había algo en su rostro que indicaba que aquello, más que una sugerencia, era una orden.

Essie pensó en protestar, pero la tarta parecía estar pidiéndole a gritos que empezara a comer. Así que tomó la cuchara y la hundió en aquella delicia de nata y fresas, que probó con un pequeño gemido de placer. Adoraba aquel postre.

Cuando terminó, bajó del taburete y se

acercó a la cocina, aliviada al poder poner distancia entre ellos.

—Yo prepararé el café, ¿por qué no te sientas en la sala? —le sugirió.

—Yo los secaré —le indicó él, señalando los platos que Essie acababa de llevar al fregadero.

—No, son cuatro cosas —comentó rápidamente—, y siempre dejo que se sequen al aire, se supone que es más higiénico. Además, compartir con Xavier el pequeño espacio de la cocina le parecía incluso peor que el haber tenido que cenar en la proximidad de los taburetes.

Xavier asintió con la cabeza, pero en vez de dirigirse a la sala, se acercó a la puerta principal y desapareció en el exterior de la casa.

Obviamente, pretendía explorar el jardín. Y aunque era algo muy natural, sobre todo en aquel caluroso mes de junio, aquello la inquietó. No sabía por qué, pero la ponía nerviosa. Ya era suficientemente malo que hubiera estado en su casa, saber que iba a imaginárselo en aquel lugar que hasta entonces había sido todo suyo, pero el jardín era su verdadero refugio y no quería tener también recuerdos de él allí.

En ese momento, sonó el teléfono, irrumpiendo el curso de sus pensamientos.

Después de dejar precipitadamente la fuente que tenía entre las manos, Essie se acercó al auricular.

—¿Essie? —era Peter. Essie jamás se había alegrado tanto de oír su voz.

—Hola Peter, ¿ha habido algún problema? —advirtió que Xavier entraba nuevamente en la casa.

—Siento tener que llamarte, Essie, pero parece ser que uno de los novillos del brigadier Kealy anda cojo y le gustaría que le echáramos un vistazo esta noche.

—De acuerdo, ahora mismo iré para allá —el brigadier tenía una pequeña granja con solo un par de vacas, un par de cabras, unas gallinas y dos sementales pura sangre que eran su orgullo y su alegría. Essie agradecía al cielo que no hubiera enfermado ninguno de los dos caballos. Eran dos animales muy hermosos, pero tenían muy mal carácter.

—Buena chica, llámame si necesitas algo.

Essie oía de fondo el llanto de uno de los pequeños de Peter y la voz de Carol gritando.

—Parece que ya tienes suficiente en tu propia casa, Peter. Nos veremos mañana por la mañana.

Colgó el teléfono. Xavier la miraba expectante.

—Tienes que atender una urgencia —dijo él.

—Me temo que sí —contestó Essie, caminando hacia las escaleras—. En cuanto me ponga los zapatos, salgo para allí. ¿Estarás mañana por aquí? Lo digo por esa conversación que hemos dejado pendiente.

—No, no estaré —contestó brevemente, recordando para sí que ese mismo día había pospuesto una importante reunión para poder verla a ella.

—Oh —Essie se detuvo al pie de las escaleras—. Entonces a lo mejor puedes llamarme mañana por la noche —apenas podía disimular su alivio.

—Posiblemente. ¿Tienes mi número de teléfono?

—Sí, me lo ha dado Peter —al ver que arqueaba una ceja con expresión interrogante, se apresuró a añadir—: Iba a llamarte para hablar de la oferta... de tu oferta —de pronto y sin saber por qué, se sentía extrañamente torpe, sin saber realmente qué decir—. Mira, el café ya está listo. Si no quieres, no tienes que marcharte todavía. Pero eso sí, acuérdate de cerrar bien la puerta cuando salgas.

Xavier asintió lentamente.

—Un café me vendría estupendamente.

Habían vuelto a tratarse con una rígida formalidad, pensó Essie mientras subía los escalones de par en par. ¿Y por qué diablos le había sugerido que se quedara en casa cuando ella se fuera? No era que le preocupara que curioseara entre sus cosas. No, aquel no era el estilo de Xavier. Era demasiado riguroso y honesto para hacer algo así.

¿Riguroso y honesto? ¿Pero qué demonios le pasaba?, se regañó a sí misma. No tenía ni la menor idea de cómo era Xavier y por lo que hasta entonces había averiguado, podía tratarse del hombre con menos principios de toda la tierra, se advirtió a sí misma con vehemencia.

Cuando bajó las escaleras, lo encontró sentado en una de las sillas, con una taza de humeante café entre las manos. El corazón le dio un vuelco al verlo allí, pero rápidamente se recuperó y le dijo fríamente:

—Bueno, me voy. Acuérdate de cerrar la puerta antes de salir.

—Sí, claro —se había levantado al verla acercarse y en ese momento Essie permanecía en el centro de la sala, preguntándose cuál sería la mejor forma de terminar aquella noche—. Adiós, Essie. Estoy seguro de que pronto volveremos a hablar.

—Sí, sí, claro —por el amor de Dios, se dijo irritada, ¿por qué tenía que temblarle la voz? En realidad, se había preparado para tener que evitar un beso o un abrazo, y la fría y educada despedida de Xavier la había tomado completamente desprevenida—. Bueno, tengo que irme.

Xavier asintió. Sus ojos grises tenían un aspecto tan frío como el cielo de invierno, pero no dijo nada. Después de unos segundos de incómodo silencio, incómodo al menos para Essie, esta giró bruscamente y tras tomar su maletín y las llaves del coche, salió.

Condujo como un autómata hasta la granja del brigadier, situada a unos veinte kilómetros de su casa, analizando hasta el agotamiento cada una de las palabras y los gestos de Xavier. Cuando por fin apareció la propiedad ante ella, se obligó a concentrarse en su trabajo.

El novillo, de solo dieciocho meses, era un hermoso animal de color oscuro y ojos expresivos que justificaban el nombre que el brigadier le había puesto: Terciopelo. La herida que tenía en la pata, supurante de pus, había puesto muy nervioso al animal.

Para cuando consiguió sujetarlo a un lado del establo, Essie ya tenía el costado izquierdo del cuerpo dolorido, pero lo peor llegó al final, cuando, una vez curada y limpia la herida, Terciopelo cambió repentinamente de postura y dejo caer una pata sobre el pie de Essie. Aunque la joven se había puesto unas botas antes de entrar, le sirvieron de poca protección frente a los ochocientos kilos del animal. Cuando salió del establo, era ella la que cojeaba visiblemente.

Le entregó la factura al brigadier y cojeó hasta el coche, pensando que se alegraba de que la mayor parte de su trabajo en la clínica consistiera en atender mascotas pequeñas y no bestias como la que acababa de tratar.

En cuanto se alejó de la granja, paró el coche y se bajó los pantalones, con el fin de examinar el estado de la pierna y el pie. Comprobó que tenía la pierna llena de arañazos y los dedos del pie le sangraban abundantemente.

—Bueno, así es la vida —se dijo con filosofía, antes de volver a subirse el pantalón e intentar ponerse el zapato, tarea que le resultó bastante más difícil. El pie se le había hinchado muy rápidamente y tenía ya todos los colores del arcoiris.

Permaneció durante algunos minutos sentada en el coche con las ventanillas abiertas, sintiendo la fragancia del verano acariciando su rostro. Era una noche tranquila y agradable y Essie intentaba impregnarse de aquella calma. Pero por mucho que lo intentara, no conseguía sentirse de aquella manera.

Era él, Xavier Grey, se dijo mientras ponía el motor en marcha cinco minutos después. Desde que se habían conocido, ya nada había vuelto a ser lo mismo. Suspiró, confundida.

Y no quería que le gustara. Aquel pensamiento le hizo clavar el pie herido sobre el pedal. Hizo una mueca cuando el coche volvió a detenerse a pocos metros de donde había estado aparcado anteriormente. Pero el caso era que le gustaba. Gimió ligeramente y se inclinó sobre el volante. Le gustaba más que cualquier otro hombre que hubiera conocido.

¿Gustarle?, se repitió burlona. Aquellas palabras no bastaban para describir los sentimientos complejos que la vinculaban a Xavier Grey. Oh, ni siquiera sabía cómo se sentía. Deseaba que no se hubiera fijado en ella en la iglesia, deseaba no haber respondido del modo que lo había hecho, deseaba... Deseaba cientos de cosas, pero ya era demasiado tarde.

Xavier estaba considerando seriamente la posibilidad de comprarle la clínica a Peter. Incluso había sugerido que utilizaría el piso de arriba cuando estuviera en Inglaterra y que ella y Jamie podían dirigir la clínica veterinaria. ¡Era absurdo! Una auténtica locura. No funcionaría. No podía funcionar. Se pasaría la vida con los nervios destrozados.

Puso el motor en marcha nuevamente, maldiciendo a Xavier Grey por haber entrado de aquella manera en su vida.

Cuando llegó al camino que conducía hacia su casa, tenía los músculos agarrotados por los nervios y en lo único que podía pensar era en un baño caliente. De modo que al ver que seguía aparcado el Mercedes azul frente a su casa, se llevó la impresión de su vida.

Miró el reloj. Habían pasado dos horas desde que se había marchado. ¿Cómo era posible que Xavier continuara allí? ¿A qué diablos pensaba que estaba jugando?

Se dirigió cojeando hasta la casa, sintiéndose como si la hubiera pisoteado una manada de toros. Estaba a solo unos metros de la puerta principal cuando esta se abrió. Xavier apareció tras ella.

—Todavía estás aquí —dijo Essie en tono acusador—. Ya son más de las doce.

—Estás cojeando —respondió él, ignorando por completo el enfado de su voz—. ¿Qué te ha pasado?

—Xavier —lo fulminó con la mirada mientras se acercaba a la casa. Él se apartó para dejarla pasar—. ¿Qué estás haciendo aquí todavía? Dijiste que te irías.

—No, en realidad yo no dije nada —cerró

la puerta y la siguió a la sala, donde Essie se había dejado caer en el sofá—. Me temo que eso fue idea tuya.

—¿Y por qué no te has ido? —preguntó entre dientes.

—Veamos —le dirigió una tímida sonrisa, pero en el furioso rostro de Essie no se dibujó ningún gesto similar—. Podría decir que me he quedado dormido después de tomar el café. Este lugar es muy relajante, no se oye nada que rompa la tranquilidad del ambiente...

—¿Te has quedado dormido?

—No —la miraba sin parecer en absoluto arrepentido—. Pero quería quedarme, eso es todo. Todavía no hemos tenido oportunidad de hablar. Y creo que el asunto que tenemos pendiente es preferible que lo tratemos cara a cara en vez de por teléfono.

Essie lo miró fijamente. Tenía que andarse con cuidado; estaba convencida de que lo último que Xavier tenía en la cabeza cuando había decidido quedarse en su casa era mantener una conversación con ella.

—Mira, he tenido una noche agotadora. Ese novillo me ha pisoteado, me ha dado patadas... Me ha dejado en tal estado que lo único que ahora me apetece es darme un baño caliente y meterme en la cama. Así que, si no te importa, ¿por qué no dejamos la conversación para otro rato?

—Trato hecho —Xavier se mostró repentinamente solícito, pero el breve momento de triunfo de Essie se desvaneció en cuanto él continuó diciendo—: Pero ahora vamos a mirar ese pie.

—No, no te preocupes por eso. De eso puedo ocuparme yo perfectamente.

Pero Xavier ignoró su protesta y para horror de Essie, se arrodilló frente a ella, le quitó el zapato con increíble ternura y se sentó en el suelo mientras examinaba atentamente el pie de la joven.

—Esto tiene muy mal aspecto —la miró a los ojos. Essie sintió una sensación extraña en el estómago al advertir la seria preocupación que reflejaba su voz—. ¿Hasta dónde llegan? —señaló las magulladuras que parecían continuar por debajo del pantalón y se lo levantó hasta la rodilla—. Essie, tienes toda la pierna llena de moretones.

—No es nada —intentó apartar el pie, pero Xavier no se lo permitió—. Forma parte de mi trabajo.

—De un trabajo ridículo para una mujer, si quieres saber mi opinión —y entonces, antes de que Essie disparara su réplica, añadió lacónico—: Lo sé, lo sé, no me has preguntado mi opinión. ¿Qué tal te encuentras?

En realidad, Essie se encontraba pésimamente y el dolor del pie era cada vez más intenso, pero no iba a decírselo. Sabía que en cuanto se limpiara la herida, se pusiera la pomada que tenía para casos como aquel y se tomara un par de analgésicos, estaría mucho mejor.

—Estoy bien.

Xavier la miró con los ojos entrecerrados, diciéndole con su rostro que sabía que estaba mintiendo.

—De acuerdo. Te prepararé el baño y después vendré para ayudarte a subir.

—No vas a hacer nada —Essie estaba comenzando a sentirse atrapada y no le gustaba nada aquella sensación—. Puedo arreglármelas perfectamente sola, gracias. Me pasan cosas como esta continuamente.

—Mira, apoya así el pie —a pesar de su resistencia, le hizo reclinarse contra el respaldo del sofá, dejándola prácticamente tumbada y desapareció escaleras arriba antes de que ella pudiera decir nada.

Aquello era completamente ridículo, pensó Essie mientras oía correr el agua de la bañera. ¡No quería que Xavier estuviera en su baño! ¡No quería que estuviera en su casa! Ni en su vida…

La lucidez de su conciencia, que pretendía desafiar la validez de sus últimas palabras, le hizo decidirse a recuperar el control de la situación.

Xavier se había quedado en su casa para seducirla, pensó muy tensa, mientras cojeaba hacia las escaleras. Era posible que no estuviera acostumbrada a los sofisticados juegos de las mujeres con las que él salía, ¡pero incluso ella era capaz de darse cuenta de cuándo pretendían convertirla en una pieza de caza! En el fondo, todo se reducía a eso. Xavier se había propuesto perseguirla y acosarla aunque sabía que no quería tener nada que ver con él.

—¿Qué diablos piensas que estás haciendo?

Xavier llegó antes que ella al principio de las escaleras, como un ángel vengador. O como un demonio, quizá, se corrigió en silencio.

—¿Tú qué crees? —lo fulminó con la mirada, pero ni siquiera su enfado podía disimular el dolor que hacía palidecer su rostro.

—Lo que creo es que eres una cabezota y una estúpida. No es ningún signo de debilidad admitir que esta noche estás destrozada.

—Lo sé —¿cómo se atrevía a plantarse allí, delante de las escaleras, y decirle lo que podía y lo que no podía hacer?—. Pero cuido de mí misma durante trescientos cincuenta días al año, así que no sé por qué esta noche tiene que ser diferente.

—Porque estoy yo aquí. Y ahora, apártate un momento.

En cuanto Essie retrocedió para que Xavier pudiera pasar a la sala, este la levantó en brazos e, ignorando sus acaloradas protestas, subió las escaleras y la dejó en el pasillo.

—Voy a ver si está ya la bañera —entró en el baño y Essie se quedó mirándolo con impotencia. No quería que Xavier estuviera en su casa y tampoco lo necesitaba. Era una mujer independiente. Se había obligado a serlo y le gustaba.

Con furiosa determinación e ignorando las punzadas de dolor que se extendían por todo su cuerpo, se asomó a la puerta del baño.

—Ya puedes marcharte —lo miró y sintió que se le encogía el estómago al verlo enderezarse y volver el rostro hacia ella—. Estoy...

—Perfectamente —la interrumpió—, ya lo has dicho antes.

—¿Entonces por qué no me escuchas?

—Porque no creo que estés perfectamente —sin previa advertencia, se acercó a ella y le bajó los pantalones, revelando las magulladuras en todo su esplendor—. Y me atrevería a decir que tienes la cadera en el mismo estado —la desafió furioso.

—¿Cómo te atreves? —no creía haberse sentido más insultada y sorprendida en toda su vida—. ¿Cómo te atreves?

—Me atrevo a hacer cosas mucho peores que esa, créeme —gruñó irritado. Era evidente que a esas alturas estaba perdiendo ya la paciencia—. Ahora desnúdate y vamos a dejarnos de decir estupideces. A no ser que quieras que te desnude yo…

Essie abrió la boca para protestar, pero advirtió algo en el brillo de sus ojos que le hizo detenerse. Aquel hombre era perfectamente capaz de desnudarla, lo veía perfectamente en su mirada.

—Te odio.

—¿Y qué tiene eso de nuevo?

—Un verdadero caballero no se habría atrevido a hacer una cosa así —farfulló, mientras se subía los pantalones.

—Nunca he pretendido ser un caballero —la contradijo—. Y ahora, vete a tu dormitorio y desnúdate. Te esperaré abajo hasta que termines. ¿Tienes algo para las magulladuras?

Essie asintió malhumorada.

—Todavía me queda medio tubo de la pomada que me puse la última vez que me pasó algo parecido.

—Entonces luego te la pondré —dijo completamente serio.

Essie lo miró de reojo mientras se dirigía hacia el dormitorio. ¡Por encima de su cadáver! ¿De verdad se creía aquel tipo que le iba a permitir extenderle la pomada por la pierna? Estaba completamente loco.

—¿Essie?

La llamó, justo cuando ella estaba a punto de cerrar la puerta del dormitorio.

—¿Qué?

—Tienes las piernas más bonitas que he visto en mi vida —le dijo suavemente.

Aquellas palabras provocaron un auténtico alboroto en el estómago de Essie, que continuó mirándolo fijamente durante unos segundos antes de cerrar la puerta con un contundente portazo.

Capítulo 6

PASARON treinta minutos antes de que Essie se decidiera a bajar cautelosamente las escaleras. Todos los huesos le dolían y sentía la pierna y el pie izquierdo como si le estuvieran ardiendo. Pero aquello pasaría, lo sabía. En cuanto Xavier se fuera, se tomaría un par de analgésicos y se iría a la cama.

—¿A qué huele? —preguntó Xavier al verla bajar. Essie intentó ignorar el efecto que su visión tenía sobre ella. Xavier se había subido las mangas de la camisa, se había desabrochado otro par de botones y permanecía tumbado en el sofá. Por alguna extraña razón, aquel aire relajado le resultaba conmovedor.

—Es la pomada —respondió.

—Huele como esa porquería con la que se seca en mi país la madera

—¿Ah sí? —no estaba interesada en reminiscencias sobre su pasado de leñador y su tono lo dejaba perfectamente claro—. Mira Xavier...

—Siéntate y te prepararé una bebida caliente —la interrumpió él suavemente, como si le pareciera la cosa más normal del mundo estar sentado en su sala de estar a la una de la madrugada.

Essie lo miró con los ojos entrecerrados y se ajustó con gesto rígido el albornoz. Se había puesto uno de los pijamas de invierno, a pesar del calor de aquella noche de junio, pensando que con uno de sus camisones de verano se sentiría demasiado vulnerable. Pero incluso con el pijama y el albornoz, se sentía expuesta frente a él.

—En realidad lo único que quiero es irme a la cama —dijo con firmeza.

—Essie, tengo que estar mañana en Londres a primera hora —le explicó Xavier, relajando su voz—. Tenemos que hablar ahora. He decidido aceptar la oferta de Peter.

Genial. No era que no tuviera derecho a hacer lo que quisiera con su dinero, se dijo

Essie rápidamente, pero aquello quería decir... ¿Qué querría decir exactamente?

Como si le hubiera leído el pensamiento, algo que Essie comenzaba a considerar bastante probable, Xavier continuó diciendo:

—Supongo que te preguntarás cómo puede afectarte eso a ti.

—Sí, claro que me lo pregunto.

—Prepararé más café —la invitó con un gesto a sentarse en el sofá, en su sofá, pensó Essie beligerante mientras él se levantaba. Y cojeando fue hasta allí—. ¿No tienes nada para el dolor?

—Hay unas pastillas en el armario de la cocina —respondió Essie con voz fría—. Tomaré dos.

Se hizo un largo silencio mientras Xavier hacía el café y preparaba la bandeja. Aquel silencio estaba poniendo histérica a Essie, de modo que prácticamente fue un alivio cuando Xavier entró nuevamente en la sala y se sentó frente a ella.

Lo miró con recelo. Para irritación suya, Xavier parecía sentirse absolutamente cómodo... Y continuaba estando fascinantemente sexy, pensó, mientras su corazón comenzaba a latir erráticamente. Proyectaba un aura de sensualidad a su alrededor que sugería que tras su frío distanciamiento se escondía pura dinamita.

Essie intentó concentrarse en el que debería ser el tema de su conversación. Tomó aire y comenzó a decir:

—No comprendo por qué quieres la clínica, Xavier. Seguramente hay muchas otras propiedades cerca de tu centro de operaciones que te convienen mucho más.

Xavier se encogió lentamente de hombros.

—Eso depende de a qué te refieras con lo de «conveniente». Debido al desarrollo que están teniendo algunos de mis negocios en Inglaterra, cada vez paso más tiempo aquí. Por otra parte, tengo también mi casa de Canadá, y cuando Candy se case, tendré que irme a vivir a otra parte. Durante estos últimos años, me he gastado una fortuna en hoteles, en los que, por cierto, no me gusta nada vivir. Y a eso hay que añadirle que no me apetece comprarme un apartamento en Londres. Habituado a los espacios abiertos de Canadá, las ciudades me resultan claustrofóbicas.

Essie asintió, lo comprendía perfectamente porque a ella le ocurría lo mismo.

—La casa de Peter es muy bonita y responde exactamente a mis necesidades —continuó explicándole, con una expresión con la que no le revelaba absolutamente nada—. El piso de arriba es suficientemente espacioso y como solo usaré la casa cuando esté en Inglaterra, cualquier otra propiedad que comprara estaría vacía durante la mayor parte del año, con todos los problemas de seguridad que eso implica. Estando la clínica abajo y quedando todavía las habitaciones de encima del garaje por si viene un nuevo veterinario, ya no tendría que preocuparme por ello.

Essie se quedó mirándolo fijamente. Su mente pensaba a toda velocidad. Se había olvidado por completo de las habitaciones de la parte de atrás de la casa.

Tomó aire y lo dejó salir lentamente antes de dar un largo trago a su café. Buscaba desesperadamente alguna razón con la que cuestionar su propuesta. Pero no la encontraba.

—Y de esta manera podrás conservar tu trabajo y tu casa —añadió él.

Aquellas palabras, pronunciadas con un suave acento canadiense, tuvieron para Essie el efecto de un jarro de agua fría. Alzó la cabeza y le espetó al instante:

—Espero que no estés haciendo esto por mí —lo miraba con abierta hostilidad. Aquello era exactamente lo que llevaba tiempo imaginándose: Xavier estaba intentando chantajearla para que se acostara con él.

—¿Tan terrible te parecería? —preguntó

Xavier, desapasionadamente. La miraba con atención, a pesar de su aparente indiferencia—. ¿Te parece mal que tú y Jamie os podáis beneficiar de que haya encontrado un lugar que se ajuste perfectamente a mis necesidades?

Dicho así, claro que no. Pero hacía unos segundos no había mencionado a Jamie.

—Y, además, una clínica veterinaria es un negocio muy lucrativo —Xavier sonrió, pero Essie confiaba tan poco en su sonrisa como en él—. Y yo soy sobre todo un hombre de negocios.

Essie no sabía qué era exactamente Xavier, pero su propuesta le parecía claramente sospechosa.

—Si Carol se va, tendrás que contratar a alguien para que haga el trabajo administrativo —comentó—. Y esa es una gran tarea.

—No creo que sea para tanto —respondió él con una sonrisa condescendiente.

—Todos los días surge algún problema.

—Essie, desde que nos conocemos no has hecho otra cosa que decirme lo capaz, eficiente e independiente que eres —la interrumpió Xavier—. Ahora demuéstramelo.

Essie lo aborrecía. Bajó la mirada hacia la taza que tenía entre las manos y tuvo que luchar contra las ganas de tirársela. Cuando volvió a alzar la mirada, descubrió que Xavier se había acercado a ella y su boca estaba ya a solo unos centímetros de la suya. Lo miró hipnotizada. Xavier se sentó a su lado en el sofá y comenzó a cubrir su rostro de besos. Con cada uno de ellos, iba haciéndole reclinarse lentamente.

—Eres tan fuerte, tan valiente —susurraba, sin dejar de acariciarla con los labios. Essie abrió la boca y él entró rápidamente en el recién conquistado territorio.

Essie descubrió entonces que sin saber muy bien cómo, sus manos habían terminados sobre los hombros de Xavier. Este se inclinaba sobre ella, compaginando el erotismo de sus besos con sus caricias.

Xavier sabía maravillosamente bien. Aquel pensamiento se abría hueco entre la miríada de sentimientos y percepciones que la invadían. Sentía sus respiraciones entrecruzadas y las piernas de Xavier apoyadas contra la suavidad de las suyas. Xavier se movió, presionándola contra los cojines del sofá y un repentino dolor procedente de su pie herido, le hizo esbozar a Essie una mueca.

—Caramba, lo siento —comentó Xavier.

Se incorporó inmediatamente, dejándola sola y sintiéndose terriblemente desprotegida. Essie abrió los ojos y lo vio arrodillado a su lado, mirándola con arrepentimiento.

—Estás dolorida y cansada —dijo suavemente—. Creo que tienes razón, será mejor que hablemos en otro momento.

Pero no era ese dolor el que más la inquietaba... Durante un terrible instante, Essie creyó haber dicho aquellas palabras en voz alta, pero al advertir que Xavier no cambiaba de expresión, comprendió que por lo menos se había ahorrado la última humillación.

Le llevó algunos minutos recobrar la compostura, pero para cuando Xavier se levantó, había conseguido ya dominar el ferviente deseo de suplicarle que hicieran el amor. Cosa que habría sido la mayor de las locuras, se dijo sombría. La atracción física era una cosa, el amor otra completamente diferente. Y para Essie, el amor y el sexo tenían que ir unidos. Ella no estaba enamorada de Xavier y él no estaba enamorado de ella, de modo que ya no había nada más que hablar.

A la mañana siguiente, Essie continuaba tensa y cansada, después de haber pasado una noche terrorífica, llena de dolores y extrañas pesadillas que probablemente habían conjurado los analgésicos. Su único consuelo era saber que no tenía nada más que reprocharse, en lo que a Xavier concernía, que el haber permitido que le diera un beso.

Aquel hombre no tenía la menor idea de lo que significaba un compromiso sentimental, se dijo con firmeza, mientras hundía su dolorido cuerpo en un baño de agua caliente. Y lo último que a ella le apetecía era sentirse atada a ningún hombre.

Colin Fulton parecía un hombre amable y normal hasta que se había casado con su madre. Inmediatamente después, habían podido descubrir al diablo que se escondía tras aquella fachada. Su madre se había visto atrapada en un círculo de violencia física y malos tratos psicológicos del que no había podido escapar.

Y después estaba Andrew. Le había prometido amor y otras muchas cosas mientras continuaba acostándose con decenas de mujeres.

Por supuesto, Xavier no era como Colin ni como Andrew, eso lo sabía e incluso había sido bastante sincero sobre sus relaciones con el sexo opuesto, ni siquiera se había molestado en disimular. Pero en ese momento, no sabía si eso le hacía sentirse mejor o peor. Todo aquello la confundía. Y lo último que quería Essie era sentirse confundida.

Permaneció en el baño durante unos diez

minutos. Al salir, se encontraba mucho mejor, aunque los dolores no habían cesado del todo.

Xavier se había mostrado muy preocupado por ella la noche anterior... Essie esbozó una mueca burlona mientras se ponía unos pantalones y una camiseta sin mangas. Sí, había sido muy amable, pero ella sabía lo que se escondía detrás de su amabilidad. No era ninguna estúpida, se dijo. Todas sus revelaciones sobre su infancia y sobre Candy no impedían que continuara siendo un hombre peligroso.

Pero se había ido... Al menos durante un par de semanas. Pensarlo debería producirle alivio y satisfacción y, sin embargo, intensificaba el vago sentimiento de depresión con el que se había despertado. Pero seguro que la culpa de todo la tenían las pastillas. No le gustaba tomar calmantes y raramente lo hacía, pero la noche anterior no había podido prescindir de ellos.

Salió de casa media hora antes que habitualmente para poder ir tranquilamente a la clínica.

Hacía una hermosa mañana. La fragancia de las flores impregnaba el aire. Essie contempló satisfecha su jardín y alzó después el rostro hacia el cielo mientras se preguntaba dónde estaría Xavier en aquel momento.

Al instante se pusieron en funcionamiento todos sus sistemas de alarma. No debería pensar en Xavier Grey, se dijo con vehemencia. Lo conocía desde hacía muy poco tiempo y había irrumpido en su vida con la delicadeza de un bulldozer.

Era un hombre peligroso. Sí, muy peligroso, y nunca hasta ese momento había visto tan claramente que comparado con él, Andrew y Coline eran unos dulces gatitos. Porque había algo en Xavier, un magnetismo casi irresistible, que lo convertía en una droga para cualquier mujer, hasta el punto de que no era capaz de pensar en nadie más y su cuerpo anhelaba constantemente su contacto. Pero ella no era cualquier mujer. Con ella no iba a darle resultado su estrategia.

Irguió los hombros y frunció el ceño con determinación: la operación Xavier Grey estaba a punto de comenzar.

Capítulo 7

ESTABA ya a punto de terminar la jornada cuando llegó a la clínica un ramo de rosas, acompañado de una pequeña tarjeta que decía:

No tuve oportunidad de expresar mi arrepentimiento por mi mala educación, así que me he tomado la libertad de enviarte esto.

Iba firmada con una simple X.

Essie se quedó mirando fijamente las flores durante casi treinta segundos cuando Carol le colocó el ramo entre las manos. El tumulto de emociones que se apoderó de ella, fortaleció su decisión de hacer algo respecto a Xavier Grey.

Seis días después, recibió una pequeña figura de porcelana: una joven lechera ordeñando a su vaca que debía costar una fortuna. En la tarjeta correspondiente, Xavier le decía que al verla se había acordado de ella. El paquete había sido enviado desde Alemania. Essie mantuvo bajo control cualquier buen sentimiento que pudiera haber despertado aquel regalo.

Al cabo de dos semanas, y un día después de que hubiera tirado el ramo seco, hizo su aparición un conjunto de orquídeas. En aquella ocasión, el contenido de la tarjeta la obligó a sentarse: «nos veremos pronto», decía.

Pero después de lo que había averiguado sobre él, Xavier Grey no iba a recibir la bienvenida que esperaba, se dijo Essie, negándose a reconocer el vuelco que le había dado el corazón al leer la tarjeta.

Sin embargo, no estaba pensando en Xavier cuando a las cuatro de la tarde regresaba a la clínica. Todavía continuaba envuelta en el arrebol de la exitosa visita a su último paciente, para la que habían reclamado su asistencia tres horas atrás.

La señora Bloomsbury, una anciana que vivía en una pintoresca casa de campo situada a varios kilómetros de la clínica, y cuya vida giraba alrededor de una perrita, Ginny, la había llamado para decirle que tenía miedo de que Ginny no pudiera parir a sus cachorros de forma natural.

En cuanto había visto a la pequeña criatura sufriendo miserablemente en el cesto que le habían preparado para el parto, Essie había comprendido que la señora Bloomsbury estaba en lo cierto: el parto iba a ser problemático. Tras un minucioso examen, había descubierto que un cachorro de gran tamaño se había atravesado en el conducto del parto.

Pero con la ayuda de los forceps y una inyección, habían conseguido sacar al cachorro sano y salvo. Quince minutos después, nacía el segundo, un cachorro bastante más pequeño.

Para cuando Essie había salido de la casa, dejando a una resplandeciente señora Bloomsbury en su interior, la nueva familia de Ginny ya estaba mamando con fricción.

Había sido una tarde magnífica, pensó Essie satisfecha.

El Mercedes estaba aparcado en el mismo lugar que Xavier lo había dejado semanas atrás. Al verlo, la alegría de Essie se esfumó como por encanto.

Xavier. Se aferró con tanta fuerza al volante que sus nudillos palidecieron.

En fin, sabía que tenía que llegar algún día y quizá fuera mejor que el reencuentro se produjera cuanto antes. Sabía que iba a ser difícil, pero por lo menos a esas alturas ya sabía que no peligraba el trabajo de Jamie.

Peter les había comentado que había aceptado la oferta de Xavier el día que Essie había recibido el ramo de flores y seguramente las cosas progresaban sin ninguna clase de problema.

Essie entró en silencio en la clínica. Se dirigió a la cocina a través de la zona de recepción y después de haber saludado a Marion, una mujer de mediana edad que se ocupaba de la recepción. Suspiró aliviada al encontrar la cocina vacía. Jamie había tenido que salir a hacer una visita después de las consultas matutinas y se alegraba de que no hubiera regresado todavía. No le apetecía hablar con nadie.

Encendió la cafetera y se preparó un café bien cargado que se tomó casi de un trago mientras intentaba analizar cómo iba a proceder.

Y de pronto, oyó tras ella un lacónico saludo que le hizo volverse como si acabara de recibir un disparo.

—Eh, hola —la saludó Xavier.

—Hola —se sonrojó violentamente

mientras se obligaba a sí misma a mantenerle la mirada. Advirtió que Xavier sonreía, aunque su mirada continuaba siendo, como siempre, indescifrable—. He visto tu coche.

Xavier asintió lentamente, sin dejar de mirarla.

—Estaba con Peter —y como continuaban mirándose en silencio, preguntó—: ¿Cómo te encuentras? ¿Ya se te han quitado los moretones?

—Sí, ya estoy bien, gracias —debería agradecerle las flores y la figurita que le había enviado, se decía desesperadamente, pero teniendo en cuenta lo que quería decirle, no le parecía apropiado. Aun así, tomó aire y dijo, con voz tensa—: Has sido muy amable al enviarme las flores y la figurita, pero no deberías haberte molestado. No esperaba nada parecido.

—Ya sé que no lo esperabas —Essie estaba tensa como las cuerdas de un violín y la intuición le decía a Xavier que era fruto de algo más que de su habitual recelo. Tomó aire y decidió agarrar el toro por los cuernos—. ¿Qué te pasa, Essie?

—¿Por qué me mentiste? Me he enterado de que ya tienes un ático en Londres —lo acusó acaloradamente.

Así que era eso. Debería haberse imaginado que lo averiguaría. De hecho, se lo había imaginado. Pero no esperaba que lo hiciera tan pronto.

—No te he mentido —respondió fríamente.

—Sí, claro que me has mentido. La madre de Charlie sabe que tienes un apartamento en...

—No niego que tenga un apartamento en algún lugar —la interrumpió—, pero no te he mentido. Me he gastado una fortuna en hoteles y esa es la razón por la que me compré el apartamento. Sin embargo, no me gusta la vida en la ciudad, tal como te dije, y prefiero poder contar con un refugio como este para cuando lo necesite.

¿Un refugio para cuando lo necesitara? Essie no recordaba haber estado nunca tan enfadada. Había recibido todo tipo de calificativos en su momento, pero jamás nadie se había atrevido a considerarla un «refugio».

—¿Has vendido el ático? —le preguntó.

—No, no lo he vendido —le contestó, en un tono que indicaba que eso no era asunto suyo—. Es una excelente base de operaciones cuando estoy trabajando.

—¿Entonces por qué te has comprado esta casa? —como si no lo supiera, pensó con amargura. Quería poder disfrutar de cuando en cuando de su amante en aquel refugio.

Aquello parecía una mala novela.

—Para relajarme —estaba intentando no perder la calma—. Todo el mundo necesita relajarse de vez en cuando, ¿es que no lo sabes?

—¡Relajarte! Supongo que te crees que he nacido ayer.

Por un momento, Xavier estuvo a punto de lanzarle una respuesta dura y cortante, pero vio su rostro, lo miró con atención, y advirtió el miedo y la desconfianza que Essie intentaba ocultar. Su expresión tuvo un extraño efecto en él. Un efecto que no se atrevía a analizar, pero que le decía que si no conseguía aliviar en ese momento la tensión, no tendría ninguna posibilidad de mantener una relación con Essie en el futuro.

Y la deseaba. Incluso en ese momento, en medio de aquella discusión, le bastaba mirarla para sentir que la sangre fluía por sus venas como un río de lava caliente.

—Me estás preguntando que por qué he comprado la casa y la clínica de Peter —dijo Xavier lentamente—, y creo que ya te he dado algunas de las razones. Aunque admito que ninguna de ellas es la más importante.

Se interrumpió. Era consciente de que Essie lo estaba mirando como un animal herido acorralado en una trampa, esperando que alguien lo atacara y dispuesto a morder y resistirse hasta la muerte.

—He comprado este lugar sobre todo por ti —alzó la mano al advertir que Essie pretendía hablar—. No, déjame terminar, por favor, Essie.

Vio que alzaba la barbilla con gesto de indignación, pero al menos permaneció en silencio.

—Crees que te deseo y tienes razón. Te deseo desde la primera vez que te vi, antes de saber siquiera como eras. Pero ahora que te conozco, te deseo mucho más —observaba el impacto que sus palabras tenían en aquellos hermosos ojos violeta—. Te seguí hasta aquí porque no conseguía apartarte de mi mente y quería averiguar por qué estabas tan enfadada —continuó—. Después descubrí que estabas a punto de perder tu trabajo y como consecuencia también tu casa.

—Y, por supuesto, estaba también el pobre Jamie —dijo Essie despectivamente, forzándose a ser sarcástica para disimular su confusión.

Xavier sonrió lentamente.

—No quiero acostarme con Jamie, Essie —dijo con una mueca burlona.

Vio que la joven abría los ojos como platos y reconoció en ellos el desprecio. Pero al instante regresó el recelo, un recelo más fuerte que el anterior, una coraza de desconfianza.

—¿Entonces vas a comprar la casa y la clínica y todo lo que puedas para acostarte conmigo? —lo sospechaba desde el principio, pero no por eso dejaba de resultarle incomprensible.

—Esa sería la guinda del pastel, pero no tiene por qué ocurrir —dijo Xavier—. No espero que renuncies a tus principios, si es eso lo que estás pensando. Me siento atraído por ti, me gustaría conocerte más y luego, si las cosas funcionan, quisiera que fuéramos algo más que amigos. Pero eso depende exclusivamente de ti. Nunca he forzado a una mujer a acostarse conmigo y no pienso empezar a hacerlo ahora.

Essie lo miró fijamente sin saber qué decir. Se humedeció los labios, consciente de que Xavier seguía su gesto con atención y consiguió decir:

—¿Continúas insistiendo en que esto no es un chantaje?

—Esa es una palabra muy fea.

—Este asunto también lo es.

—Essie, voy a decirte una cosa. Es algo que no tiene nada que ver con esta situación, no esencialmente por lo menos, pero podría explicar algunas cosas —señaló uno de los taburetes de la cocina mientras él se reclinaba contra una pared y hundía las manos en sus bolsillos.

Aquella pose tan natural realzaba su virilidad hasta tal punto que Essie se descubrió deseando abalanzarse sobre él. Las rodillas le temblaban de debilidad. Pero dispuesta a conservar ante todo la dignidad, consiguió sentarse en el taburete.

—Ya te hablé de mi madre. Dejó Inglaterra embarazada por un hombre que no era su marido. Era el mejor amigo de su marido y ese tipo no fue capaz de quedarse a su lado después de que naciera Natalie. Nuestro apellido se convirtió en sinónimo de mala vida y cuando violaron a Natalie, la policía prácticamente cerró los ojos. De tal madre, tal hija, respondieron cuando fui a denunciarlo. Un Grey era un Grey y ya no había nada más que hablar.

Essie se quedó mirándolo fijamente. No quería seguir escuchándolo. No quería que tuviera que decírselo, pero por el bien de Xavier, no por el suyo, y eso era lo que más la asustaba.

—Estuve trabajando desde los quince a los dieciocho años y comencé a ganar dinero, más dinero del que cualquier otro de mis compañeros podría esperar ganar cuando terminara sus estudios. Trabajaba veinticuatro horas al día si era necesario porque estaba decidido a hacer las cosas bien. Descubrí algo en lo que era bueno, ¿sabes lo que eso significa?

Essie asintió lentamente. Sí, lo sabía. Así se había sentido ella exactamente cuando había descubierto su pasión por la veterinaria.

—Y conocí a una chica —se volvió en ese punto. Fijó la mirada en la ventana, pero parecía no ver nada.

Essie se sentía repentinamente incómoda. Y eso la horrorizaba. No quería que le importara que Xavier hubiera querido a otra mujer, se dijo con vehemencia. Eso no tenía nada que ver con ella.

—Bueno, me imagino que no es correcto decir que conocí a Bobbie —continuó él con voz inexpresiva—, porque en realidad la conocía desde siempre. Era la hija del alcalde y tenía la misma edad que yo, pero ella había disfrutado de una infancia privilegiada —se interrumpió un instante—. Comenzamos a salir. Yo todavía era muy ingenuo en aquella época, pero sabía que no era el primer hombre con el que ella salía. No me importaba, estaba enamorado. Un buen día, ella me llevó a su casa para que conociera a sus padres.

Volvió a mirarla y se encogió ligeramente de hombros al explicarle:

—Fueron encantadores conmigo, hasta

que se enteraron de cual era mi apellido. Entonces se pusieron hechos una furia. Los hermanos de Bobbie me sacaron al jardín y allí me dieron una paliza.

—¿Pero ella no intentó detenerlos? —susurró Essie suavemente—. ¿Y qué decían sus padres?

—Su padre era el que dirigía los golpes —dijo Xavier, con una nota de humor negro—. Me despidieron con el típico «no vuelvas a acercarte por aquí». A Bobbie no parecía importarle lo suficiente como para desafiarlos. Yo me decía que estaba asustada e intenté verla más veces, hasta que una de sus amigas me lo explicó: no pertenecía a una familia digna y ella no quería volver a verme otra vez.

—Oh, Xavier…

—Al cabo de dos meses sucedieron dos cosas importantes —continuó diciendo él—. Mi madre murió y yo tuve uno de esos golpes de suerte que llegan una sola vez en la vida y lo agarré con ambas manos. Antes de darme cuenta siquiera de lo que estaba pasando, había ganado mi primer millón y en la pequeña ciudad en la que me crié, eso era una gran noticia. Me convertí de pronto en un tipo al que todo el mundo quería conocer. Acababa de mudarme con Candy y un ama de llaves que vivía con nosotros a una casa nueva cuando Bobbie y su padre aparecieron por allí una noche.

Xavier sacudió lentamente la cabeza al recordarlo, antes de decir:

—Al parecer estaba embarazada y, según ellos, yo era el padre. No parecía importarles que no la hubiera visto desde hacía semanas.

—¿Y tú qué hiciste? —ella misma se dio cuenta de que era una pregunta estúpida. Conociendo a Xavier, sabía exactamente lo que habría hecho.

—Les dije que salieran inmediatamente de mi casa —parecía sentir satisfacción al recordarlo—. El padre de Bobbie tuvo un comportamiento repugnante. Me amenazó con destrozarme el futuro, él conocía a un montón de gente, si no me casaba con Bobbie.

—¿Y?

—Estuvo intentando chantajearme durante un par de semanas y a continuación llegó Bobbie, intentando probar suerte con argucias sentimentales. Cuando vieron que ninguna de las dos estrategias funcionaba, las cosas empeoraron. Fue repugnante. Yo conocía al tipo con el que Bobbie había estado saliendo. Acababa de terminar la carrera y sus padres estaban cargados de dinero.

—¿No había ninguna posibilidad de que el hijo fuera tuyo?

—No, al menos que se hubiera quedado embarazada con trece meses de retraso.

—¿Hiciste algo?

—¿Para demostrar mi inocencia, quieres decir? —preguntó con sarcasmo—. ¿Yo? ¿Xavier Grey? ¿Y quién demonios me habría creído? No, esperé y cuando nació el niño insistí en que le hicieran las pruebas de paternidad. Fue toda una experiencia —hizo una mueca—. Pero demostré que el hijo de Bobbie no era mío y me aseguré de que la noticia apareciera en la portada de los diarios locales. No seré yo el que niegue que el dinero reporta grandes ventajas —dijo con ironía.

La miró fijamente y continuó diciendo:

—Así que, confía en mí Essie. Aunque solo fuera por eso, jamás te haría chantaje, y menos para que te acuestes conmigo. Cuando lo consiga, será porque tú lo desees tanto como yo.

—¿Cuando lo consigas? —debería haber frialdad e indignación en su voz, así era como ella quería que sonara, pero su voz sonaba débil y temblorosa.

—Cuando te consiga —afirmó. E inmediatamente, caminó hasta ella y la abrazó. Deslizó un brazo por su cintura, instándola a estrecharse contra él.

El masculino aroma que Essie había evocado involuntariamente tantas veces la envolvió, encendiendo todos sus sentidos.

Xavier no la besó, tal como ella esperaba. La miró a los ojos con una intensidad que hacía imposible desviar la mirada.

—¿Y qué me dices de ti? —dijo suavemente—. Tú ya lo sabes todo sobre mí, pero yo no sé qué te ha llevado a convertirte en la mujer que eres.

—¿En la mujer que soy? —a Essie no le gustaba el rumbo que estaban tomando las cosas e intentó apartarse—. No sabes nada sobre mí.

—Quizá no sepa muchas cosas, pero sé que eres terriblemente hermosa —ella continuaba resistiéndose para escapar a su abrazo, pero él ignoraba su resistencia—, y tienes un cuerpo que volvería loco a cualquier hombre. También sé que tienes veintiocho años, estás soltera y adoras tu trabajo. Todo me parecería perfectamente normal si hubiera algún hombre en tu vida, o si lo hubiera habido durante estos años. Pero según la madre de Enoch, hace siglos que no tienes una cita, ¿por qué?

Malditos chismes familiares. Essie sabía que se había puesto completamente roja.

—Eso no tiene absolutamente nada que ver contigo.

—Ese tipo que te hizo daño... ¿de verdad era tan malo? —preguntó Xavier suavemente.

Aquello no podía continuar. Essie sabía que Xavier debía estar percibiendo la tensión que se enroscaba en cada una de sus células, pero no podía evitarlo. Su amabilidad le provocaba ganas de llorar.

—No es lo que tú piensas —dijo por fin, con la voz ligeramente temblorosa.

—No sabes lo que pienso. No tienes idea de las imágenes que conjura mi mente cada vez que pienso en lo que pudo hacerte ese canalla.

—No quiero hablar sobre ello —repuso Essie con voz firme.

—De acuerdo —respondió él, sorprendiéndola por completo. No esperaba convencerlo tan fácilmente—. No lo conozco, pero me entran ganas de matarlo por lo que te hizo. No sé si sabiéndolo, en un futuro te resultará más fácil o más difícil hablarme de lo que te ocurrió.

Alzó la cabeza y la miró a los ojos. Essie fue capaz de sostenerle la mirada durante algunos segundos.

El futuro. Hablaba como si tuvieran un futuro juntos, pensó Essie, golpeada por el pánico. Bajó entonces las pestañas, como si quisiera ocultar sus ojos, y dijo con voz ligeramente temblorosa:

—Tengo que marcharme. Tengo muchas cosas que hacer.

—Sé como te sientes.

Essie sintió sus labios, cálidos y firmes, contra su boca: Xavier volvía a besarla. Y en aquella ocasión, lo hacía lentamente, dejando caer una suave lluvia de besos por su rostro, desde su frente hasta la barbilla, hasta conseguir que la joven se relajara contra él.

El sedoso cabello de Essie olía a fruta y su piel era como la miel caliente. Intentar dominar el deseo era para Xavier una de las cosas más difíciles que había hecho en su vida.

Pero Essie se merecía algo mejor que eso, se dijo con rígido control.

—Xavier —era Essie en ese momento la que lo estaba besando. Conservar en aquellas circunstancias el control, era más complicado todavía.

Xavier exploró la delicada línea de su cuello con los labios y la joven gimió suavemente. Acarició a continuación la suave plenitud de sus senos, y sintió endurecerse sus pezones bajo sus dedos mientras ella gemía de placer.

¿Habría sido ese tipo el primero?, se preguntó Xavier. Y deseó que la respuesta fuera negativa. Porque no le gustaría que la única experiencia sexual de Essie hubiera sido algo que había terminado tan mal, tan violentamente quizá. Apartó aquel pensamiento de su mente y la estrechó contra él, sintiendo todo su cuerpo contra el suyo. No le gustaba pensar que ningún otro hombre la había tocado. Era absurdo, completamente ilógico, le decía su cerebro.

Sus besos eran cada vez más profundos, más hambrientos. Essie se aferraba a él como si ya nunca fuera a soltarlo.

Ambos oyeron el chirrido de la puerta de atrás, seguido por el inconfundible silbido de Jamie. Por un instante, ninguno de ellos reaccionó, pero al final fue Essie la que lo apartó y se volvió a toda velocidad hacia el fregadero.

—Café —más que una palabra, parecía un graznido. Se aclaró la garganta y justo antes de que la puerta se abriera consiguió decir, con un poco más de coherencia—: Prepararé algo de café.

Se concentró en llenar la cafetera y en cuanto Jamie entró, fue capaz de devolverle su alegre saludo.

Xavier pronto se enfrascó en una conversación con Jamie. Essie lo escuchaba con cierto resentimiento, advirtiendo que su voz era tan firme y serena como habitualmente. Tampoco en su aspecto había nada que sugiriera que solo unos minutos antes se habían fundido en un apasionado abrazo y que la deseaba. Porque la deseaba: su cuerpo le había dado todas las pruebas que necesitaba sobre ello.

Aquel pensamiento la hizo sonrojarse y sintió un profundo alivio cuando el café comenzó a salir. Pocos minutos después, salía dignamente de la cocina.

En cuanto estuvo en el vestíbulo, corrió hacia el guardarropa, se encerró allí y contempló en el espejo su reflejo.

Estaba resplandeciente. Los ojos le brillaban y los labios... Cerró los ojos un instante. Sus labios tenían el aspecto de haber sido besados.

No estaba preparada para una cosa así. De pronto, la alegría se desvaneció. Apoyó la cabeza contra el frío espejo y sintió el escozor de las lágrimas. No, no estaba preparada para algo así. No era el tipo de persona que podía lanzarse a una aventura sabiendo que no había ninguna posibilidad de que durara. Y aquello no iba a durar. Xavier nunca pretendería algo diferente.

Se mordió el labio, abrió los ojos y se lavó la cara con agua fría. Se la secó lentamente y se pasó los dedos por el pelo, intentando restaurar el orden de sus rizos. Después se sentó en la única silla del guardarropa, intentando pensar con sensatez.

No podía tener una aventura con Xavier y en el caso de que este le ofreciera algo más permanente, saldría huyendo despavorida, admitió. ¿Y por qué? Porque tenía miedo de comprometerse con un hombre otra vez. No confiaba en que las cosas pudieran permanecer ni en que él no tuviera intenciones ocultas. Ese era el fondo del problema. Lo cual la dejaba...

Frunció el ceño y se levantó bruscamente, irritada consigo misma, con Xavier y con el mundo en general. Aquello no solo era culpa de ella. Xavier no era un hombre al que fuera fácil olvidar, pero tener una aventura con él... Era imposible esperar nada más; de un hombre como él, lo único que cabía esperar era ser capaz de aprender a vivir tras el dolor de la separación. Y ella no quería eso. No quería volver a sufrir.

Pero Xavier iba a comprar la clínica y la situación cada vez era más peligrosa. Sacudió la cabeza. La única solución que se le ocurría era explicarle de una vez por todas cómo se sentía.

Eran las seis y media cuando Essie terminó la consulta y, tal como esperaba, Xavier todavía no había salido de la clínica. Jamie ya le había dicho que estaba reunido con Peter, ultimando los detalles de la venta y que Peter ya había puesto fecha a su salida de Inglaterra. Obviamente, aquella información no alivió en absoluto el pánico que durante toda la tarde había estado sacudiendo a Essie.

—¿Puedo llevarte a tu casa? —Xavier asomó la cabeza por la puerta de su consulta dos segundos después de que hubiera salido el último paciente.

—He traído mi coche, gracias. Siempre vengo en coche, por si surge alguna urgencia, aunque estén Peter o Jamie de guardia. Es conveniente que haya algo más que el viejo Mini de Peter y además...

Xavier interrumpió su incoherente balbuceo pronunciando su nombre en voz baja y profunda.

—No, no quiero que me lleves a casa —replicó Essie, con voz triste.

—¿Por qué?

—¿De verdad quieres saberlo?

Xavier asintió lentamente.

—De acuerdo —y empezó a explicarle, tal como había planeado previamente, cómo se sentía. Xavier la escuchó en silencio hasta que terminó.

—¿Y eso es todo?

Essie se quedó mirándolo fijamente, incapaz de adivinar lo que iba a suceder a continuación.

—Xavier, acabo de decirte que no quiero

tener ningún tipo de relación contigo. Y no voy a cambiar de opinión. Si estás comprando esta clínica pensando que las cosas pueden llegar a ser diferentes, te equivocas.

—Estupendo —permanecía imperturbable—. En ese caso, solo seremos amigos.

—Los amigos no se besan como me has besado esta tarde...

—Exacto —le sonrió. Su boca emanaba aquel magnetismo capaz de poner todos los nervios de Essie en tensión—. Entonces no más besos.

Essie asintió con la cabeza.

—Es una pena. Una auténtica pena, pero si eso es lo que quieres...

—Eso es lo que quiero.

—Entonces seremos solo amigos y compañeros de trabajo.

—¿Compañeros de trabajo? —pestañeó sin comprender. ¿Por qué siempre tendría la sensación de que durante las conversaciones con Xavier, cada vez que daba un paso adelante, tenía que retroceder por lo menos dos?

—Obviamente, si Peter se va y tenemos que contratar a un veterinario nuevo y a otra administrativa, las cosas van a cambiar. Quiero convertir esta clínica en un negocio, pero no podré estar continuamente aquí para dirigirlo, de modo que necesitaré que alguien se encargue de hacerlo.

Essie pestañeó nuevamente.

—Y para poder explicarte mi propuesta —añadió suavemente—, me gustaría invitarte a cenar. Será una cena entre amigos, estaremos en un restaurante, rodeados de gente, si eso te hace sentirte más segura.

—¿Te refieres a esta noche? —preguntó Essie, haciendo un esfuerzo para parecer natural.

—Claro.

—De acuerdo —lo menos que podía hacer era escuchar lo que tenía que decirle, después de lo bien que él se había tomado su rechazo a mantener una relación más íntima con él—. Yo... nos veremos más tarde. ¿Dónde y a qué hora quedamos?

—¿No puedo ir a buscarte a tu casa, aunque sea como amigo?

Essie negó con la cabeza. Y odió la sonrisa de diversión de Xavier cuando este dijo:

—A las ocho y media entonces, en el hotel Willow Pond.

—Allí estaré —contestó, intentando imprimir energía a su voz.

—Estupendo —la presionó suavemente contra él, sintiendo al instante la reacción de su propio cuerpo—. Estaré esperándote.

—¿Van a ir Peter y Jamie?

—Creo que ya conoces la respuesta a esa

pregunta —respondió Xavier, mirándola fijamente.

Sí, la conocía. De hecho, ni siquiera estaba del todo segura de por qué la había hecho. ¿Quizá porque no se fiaba de lo rápidamente que Xavier había aceptado su nuevo estatus?

—¿Pero se trata de una cena de trabajo? —lo presionó tenaz.

—Sí, es una cena de trabajo —Xavier inclinó la cabeza y acarició suavemente sus brazos—. Una cena de trabajo entre dos amigos que necesitan hablar en privado, ¿de acuerdo? —se volvió para encaminarse hacia la puerta. Antes de salir, miró hacia atrás y le explicó—. Por cierto, Essie, siempre me despido con un beso de mis amigas. Ya sabes, los canadienses somos muy amistosos.

—Eres el único canadiense que conozco —consiguió decir.

—¿De verdad?

Aquel hombre era increíblemente atractivo, pensó Essie. Atractivo, duro y tan seguro de sí mismo que resultaba aterrador. Después de todo lo que había pasado, el horror de la infancia y la lucha para amasar su fortuna, no era extraño que fuera un hombre duro. Pero también podía ser amable, delicado y maravillosamente tierno. Essie cerró de un portazo aquella peligrosa ruta de sus pensamientos y dijo con voz deliberadamente despreocupada:

—Creo que con uno es más que suficiente cuando ese uno es Xavier Grey.

—No sé por qué, pero tengo la sensación de que más que un cumplido, eso es una especie de insulto —dijo Xavier, arrastrando lentamente las palabras—. Pero no importa, algún día serás capaz de apreciar mis cualidades —y sin más, se marchó.

Capítulo 8

ESSIE disfrutó de una cena maravillosa y Xavier fue la corrección personificada en todo momento. Cuando al final de la velada, tras acompañarla hasta su coche, se despidió de ella con un beso en la frente, apenas la rozó con los labios.

Essie, por su parte, no sabía si tenía muchas ganas de averiguar el motivo por el que, durante el trayecto a casa, tuvo que hacer un alto en el camino para poder llorar y, una vez en casa, tomarse dos aspirinas y meterse directamente en la cama sintiéndose física, mental y emocionalmente agotada.

Al día siguiente se levantó al amanecer y

se tomó el café en el jardín, bajo un cielo moteado de nubes y escuchando el canto de los pájaros.

Xavier quería que fuera ella la directora de la clínica y ella le había respondido que sí. Esperaba haber tomado una decisión correcta. Se inclinó contra el respaldo del banco mientras repasaba mentalmente la conversación que había mantenido con él la noche anterior.

Ella seguiría viviendo en su casa. El nuevo veterinario se instalaría en las dos habitaciones que había encima del garaje, contratarían a una nueva administrativa y Marion continuaría en recepción. Nada cambiaría, le había asegurado Xavier, pero él necesitaba a alguien capaz de dirigir la clínica en su lugar. Y pensaba que ella era la persona ideal.

Tras la impresión inicial, Essie había preguntado si Jamie estaba enterado de la propuesta, puesto que llevaba más tiempo que ella trabajando en la clínica y temía que lo molestara no haber sido elegido él para el cargo. Xavier la había interrumpido y le había explicado que sí, que Jamie lo sabía y que no estaba molesto. Comprendía que la clínica había cambiado de director y que su plaza de trabajo no corría peligro. Por el tono de voz que Xavier empleaba, Essie había asumido que Xavier consideraba que Jamie tenía motivos para estarle agradecido.

—Peter está dispuesto a pasar las próximas semanas enseñándote todo lo que puede hacerte falta para dirigir la clínica —le había dicho Xavier, mientras el camarero les llevaba el primer plato—, pero creo que en realidad ya estás al corriente de casi todo.

Essie había asentido. En una clínica tan pequeña como aquella, era necesario que todos estuvieran al tanto de lo que allí se hacía.

—¿Crees que podrás asumir esa responsabilidad extra? ¿No será demasiado para ti?

—¿Demasiado para mí? Por supuesto que no.

—Me lo imaginaba —Xavier le había dirigido una sonrisa radiante y durante unos segundos, Essie había perdido por completo el sentido del tiempo y el espacio.

Lo cual la llevaba de nuevo a preguntarse si el haber aceptado quedarse en la clínica era una decisión correcta, pensó sombría, mientras bebía un buen trago de café. Porque iba a tener que ver a Xavier muy a menudo cuando este estuviera en Inglaterra.

¿Pero qué otra cosa podía hacer? Terminó el café y se levantó. No quería perder el trabajo y, desde luego, tampoco su casa. Quizá todo saliera bien. ¿Pero de verdad creía que podían llegar a ser solo amigos? El tumulto de emociones que se agolpaban en su interior al pensarlo parecía burlarse de aquella idea. Bueno, tendría que funcionar, pensó con determinación mientras regresaba hacia la casa. Y aquel loco deseo por él que corría por sus venas en los momentos más inoportunos, era una debilidad que estaba segura, podría vencer.

Los meses siguientes demostraron que aquel pensamiento difícilmente se convertiría en realidad. Para principios de octubre, tras un largo y caluroso verano y numerosas noches sin dormir que habían tenido muy poco que ver con el tiempo y todo con Xavier, Essie llegó a aceptar el hecho de que Xavier Grey había nacido para convertirse en su particular penitencia.

Pero se suponía que una persona debería querer librarse de una penitencia, pensó mientras estaba sentada en el que antes era el despacho de Peter, comprobando unas cuentas, un sábado por la noche. Y no, como le ocurría a ella, desear que se le apareciera en sueños todas las noches.

Y Xavier estaba tan distinto desde que habían dejado establecida su nueva forma de relación...

Desde luego, no había duda de que había sido fiel a su palabra. Cada vez que se pasaba por allí, cosa bastante frecuente, la invitaba a cenar y después se acercaban al teatro y al cine y el estatus de amistad era observado con una pulcritud frustrante.

Xavier la hacía reír, la divertía con anécdotas sobre su vida, su trabajo, Candy... y la animaba a hablar de sí misma con la misma sinceridad. Lo pasaban tan bien que Essie esperaba aquellos encuentros, echaba de menos a Xavier cuando él no estaba y, sí, deseaba estar con él, admitió a su pesar. Y eso era lo último que esperaba que le ocurriera cuando había aceptado la responsabilidad de dirigir la clínica.

¿Pero él lo sabría? Cerró los ojos un instante y se inclinó contra el respaldo de cuero de la silla. Esperaba que no. Se moriría si Xavier se enteraba de lo que sentía, sobre todo después de la facilidad con la que él había olvidado su atracción hacia ella.

Que Xavier mantenía una activa vida sexual a ambos lados del Atlántico era algo que Essie no dudaba y vivía temiendo el momento en el que se presentara en la clínica con otra mujer.

Pero eso era cosa de él, por supuesto. Abrió los ojos y apretó los labios, dispuesta a atacar las columnas de números que tenía frente a ella con renovado vigor. Aquella noche estaba cansada en cuerpo y alma y no conseguía concentrarse.

—¿Essie? —Essie no había oído abrirse la puerta del despacho y se sobresaltó al alzar la mirada y ver a Quinn, el nuevo veterinario, en el marco de la puerta—. Estaba haciendo una lista de los medicamentos que necesitamos, a lo mejor quieres echarle un vistazo. Y hay una cafetera recién hecha, por si te interesa.

—Sí y sí —Essie le devolvió la sonrisa, preguntándose por qué, desde que Quinn, un joven simpático y atractivo, se había reunido con ellos, no se había encaprichado con él en vez de con Xavier. Era evidente que a él le gustaba, pero le faltaba algo.

Quinn le gustaba, le gustaba mucho. Pero no la afectaba como lo hacía Xavier. De hecho, desde que había conocido a este último, parecía inmune a los encantos de cualquier otro hombre, pensó mientras seguía a Quinn a la cocina.

Continuaba en la cocina diez minutos después cuando, en medio de un divertido relato de Quinn sobre un incidente que había tenido con un granjero propietario de una cerda de mal carácter, se oyó una fría voz en el marco de la puerta que hizo que ambos volvieran las cabezas sobresaltados.

—Xavier, no te había oído —dijo Essie, sintiendo cómo se tensaba cada uno de sus nervios.

—Es evidente —acompañó la frase con una sonrisa, pero Essie tenía la impresión de que Xavier estaba enfadado por algo, y aquella sensación se hizo más intensa cuando lo vio mirar a Quinn y decir con voz gélida—: Trabajas hasta muy tarde, ¿verdad, Quinn?

—Quinn estaba comprobando las medicinas que necesitamos y yo estaba cuadrando las cuentas... —Essie se interrumpió bruscamente. ¿Por qué diablos tenía que disculparse porque ambos estuvieran haciendo su trabajo?, se preguntó en silencio. Cambió inmediatamente de expresión, alzó la barbilla y preguntó—: ¿Quieres algo, Xavier?

Xavier se quedó mirándola durante más de veinte segundos. Fue una atenta mirada que ella le devolvió sin pestañear.

—Sí —se volvió mientras hablaba y dijo con voz cortante antes de salir—: ven a verme antes de irte, por favor.

La alegría que reinaba en la cocina había desaparecido tras la tensa aparición de Xavier y Quinn comentó:

—¿No deberías ir a ver lo que quiere?

—Supongo que puede esperar a que me

termine el café —respondió Essie de mal humor.

—Bueno, bueno —Quinn alzó las manos y, preocupado por su tono, le sonrió.

Essie le devolvió la sonrisa con pesar. Quinn no hablaba mucho, pero era un gran observador.

—Lo siento —se frotó la nariz con gesto de irritación—. Pero a veces me pone furiosa.

Sí, Quinn ya lo había notado, y también había advertido que Essie parecía revivir cada vez que Xavier aparecía. Pero conociendo a Essie como la conocía, no era capaz de imaginar cómo iba a terminar aquella situación. Sabía que jamás se conformaría con ser la mujer de un millonario. Lo único que esperaba era que no tuviera que sufrir.

Diez minutos después, Essie subía las escaleras y llamaba a la puerta de Xavier. Desde el día que este había montado su casa, Essie había evitado visitarle y normalmente era él el que bajaba a verla cuando tenían que hablar de algo relacionado con la clínica. Hasta el momento, solo había estado dos veces allí, las suficientes para advertir que Xavier lo había convertido en un lugar completamente distinto al hogar de Peter y Carol.

Todas las alfombras habían desaparecido

para ser sustituidas por un suelo de cerámica gris. Las paredes del salón, que había ampliado tirando un tabique, estaban cubiertas de valiosos cuadros. Los sofás eran de cuero negro, el equipo de música el mejor que Essie había visto en su vida y la zona de la televisión había sido dispuesta como si fuera un pequeño cine. La joven jamás había visto tanto lujo.

—Ah, Essie —Xavier abrió la puerta en el momento en el que Essie estaba a punto de volver a llamar—. Estaba duchándome, pero entra —la invitó, apartándose para que pudiera pasar.

Essie se obligó a entrar porque no podía hacer otra cosa, pero tenía serias dificultades para poner un pie detrás de otro.

Xavier llevaba una toalla en las caderas y absolutamente nada más. Nada. Essie tomó aire y lo soltó suavemente antes de atreverse a mirarlo otra vez.

El pelo húmedo caía por su frente en pequeños rizos. Las gotas de agua corrían por el vello negro que cubría su pecho cobrizo. Los brazos y las piernas eran inflexiblemente fuertes y masculinos y su viril masculinidad imponente.

Sí, imponente, se dijo en silencio, intentando tragar saliva para aliviar la repentina sequedad de su garganta.

—¿Quieres que hablemos? —no sabía muy bien cómo, pero las palabras habían conseguido salir de su boca.

Xavier asintió y señaló el sofá de cuero con un gesto.

—Siéntate —comentó con naturalidad, como si ella fuera una invitada, en vez de una empleada que lo estaba viendo prácticamente desnudo, pensó la joven sintiéndose impotente.

—Gracias —se sentó con cuidado, apretando las rodillas y retorciendo las manos en el regazo. No se había sentido tan incómoda en toda su vida.

—¿Te apetece una copa? —permanecía observándola sin moverse—. Estabas tomando un café, quizá te apetezca ahora una copa de brandy.

—No, gracias. Tengo que volver a casa en coche.

—Una copa de brandy no te hará daño —dijo suavemente, como si estuviera hablando con una niña pequeña a la que quisiera convencer de algo.

¿Oh, por qué diablos no iba a vestirse? Cada vez que lo miraba, tenía la sensación de estar viendo metros y metros de piel desnuda y no sabía dónde fijar su mirada.

—No, de verdad —desvió la mirada, la posó en una de las paredes y comentó, intentando parecer natural—: Qué cuadro tan bonito.

—¿Cuál? —Xavier se volvió para seguir el curso de su mirada y la toalla se movió peligrosamente.

Tenía que continuar hablando, se decía Essie. Comportarse con naturalidad.

—Ese de manchas naranjas con el fondo rojo.

—Es el Gran Cañón durante la puesta de sol —comentó, e inmediatamente se olvidó de aquella obra que debía de haber costado una pequeña fortuna—: ¿Estás segura de que no quieres una copa? ¿Un vaso de vino? ¿Un refresco?

Essie negó con la cabeza rápidamente.

—¿Y te importa que yo me sirva una?

—Por supuesto que no.

Lo observó mientras cruzaba la habitación y se acercaba al armario de las bebidas para servirse una copa. Al volver a su lado, caminaba a grandes zancadas, mostrando su admirable musculatura. Pero continuaban siendo los rizos que cubrían su frente los que tocaban la fibra sensible de Essie, incrementando peligrosamente el magnetismo que él exudaba.

—Entonces... —se sentó en el brazo de un sofá y dio un largo sorbo a su brandy, mientras la observaba con los ojos entrecerrados—. ¿Cómo van las cosas?

—Bien, bastante bien —no podía haberla hecho subir para hacerle una pregunta tan tonta, ¿o sí?

—¿Y Quinn? ¿Se ha adaptado bien a su nuevo trabajo? —le preguntó. Al parecer, quería informes sobre los nuevos contratados.

—Sí, es realmente magnífico —Essie pensó en todas las ocasiones en las que Quinn había contribuido a facilitarle el trabajo durante los tres meses que llevaba allí y dijo con calor—: No sé qué habría hecho sin él.

—¿De verdad?

—De verdad y tal como han ido las cosas este mes, creo que más adelante podremos considerar la posibilidad de contratar a una enfermera. La necesitamos cada vez más, y no cobran tanto como un... —se le quebró la voz. Xavier la estaba mirando de forma muy rara—. ¿Qué pasa, Xavier?

—¿Te acuestas con Quinn?

—¿Qué? —se quedó mirándolo fijamente, sin saber si lo había oído bien. Era imposible que hubiera dicho lo que ella había entendido, sobre todo en un tono tan inexpresivo.

—He dicho que si te acuestas con él. Es una pregunta muy sencilla.

—¿Cómo te atreves a sugerir una cosa así?

—No lo estoy sugiriendo, te lo estoy preguntando —respondió con voz sedosa.

—Pues bien, tampoco tienes derecho a preguntármelo —le espetó furiosa.

—No estoy de acuerdo —la miraba con expresión de hielo—. Los compromisos sentimentales en el trabajo son siempre muy complicados y acaban de mala manera. Al final, termina teniendo que irse siempre alguna de las personas implicadas. Somos un equipo muy pequeño, Essie, sería una pena que se echara a perder.

Essie lo fulminó con la mirada.

—Y si contesto que sí, ¿qué harías? —le preguntó con dignidad—. ¿Echarme o echarnos a los dos?

—No juegues conmigo Essie —se acercó a ella bruscamente y la agarró por la muñeca—. ¿Te estás acostando con él? —insistió.

—¡Suéltame, por favor!

En cuanto la agarró de la muñeca, Xavier se dio cuenta de su error. Acababa de despertar el doloroso recuerdo de otros tiempos. Antes de que Essie hubiera podido terminar la frase, ya la había soltado.

—Lo siento —retrocedió, sintiéndose como el peor diablo de la tierra al ver el miedo reflejado en su rostro—. Lo siento, Essie. No pasa nada. Jamás te haría ningún daño, de verdad.

Essie lo miró fijamente. Xavier permanecía en silencio, meciéndose suavemente, pero ella advertía que estaba horrorizado por el curso que habían tomado los acontecimientos. Aquella era una faceta del frío y controlado Xavier Grey que hasta entonces no conocía. Y que la ayudó a recuperar el equilibrio que necesitaba para decir:

—Lo sé.

Y era cierto. No podía decir cómo había llegado a aquella conclusión, pero sabía que Xavier jamás trataría a nadie con violencia.

Xavier apuró la copa de brandy.

—Necesito otra —dijo bruscamente, encaminándose de nuevo hacia el armario. Estaba a medio camino cuando Essie le aclaró:

—No me estoy acostando con Quinn. Lo creas o no, solo somos amigos.

Xavier no se detuvo, pero Essie notó que tensaba ligeramente la espalda y, después de servirse otra copa, se volvió hacia ella.

—Pero le gustas, lo sabes, ¿verdad?

—Somos compañeros de trabajo, como ya te he dicho, y Quinn es demasiado profesional para complicar las cosas. Además, ya sabes lo que pienso de las relaciones. Lo único que me importa ahora de la vida es mi carrera y mi trabajo.

—Lo cual es una pena para el sexo masculino —se acercó a ella lentamente, sin apartar los ojos de lo suyos.

Essie intentó sonreír, tomarse aquel comentario como el cumplido que solamente era, pero no pudo. Lo único que podía hacer era observarlo mientras se aproximaba y esperar a que la alcanzara.

—Eres preciosa, Essie. Por dentro y por fuera —la tomó de la barbilla y le hizo alzar la cabeza para mirarla a los ojos—. Estoy loco por ti, ¿lo sabes, verdad?

—Xavier, no...

—Tengo que hacerlo —inclinó lentamente la cabeza. Las cálidas y dulces sensaciones que Essie recordaba de la última vez que la había besado invadieron su cuerpo—. He sido paciente, ¿o no?

—Xavier, nunca te he mentido, lo sabes. Siempre dejé claro que...

—Claro como el cristal.

—Entonces sabes exactamente cómo están las cosas.

—Exactamente.

Besó sus labios y Essie tembló ante aquel contacto. Xavier profundizó inmediatamente su beso y la estrechó contra él. Essie se estremecía al sentir su fragancia mientras se sentía envuelta por su piel y posaba las manos sobre el musculoso pecho de Xavier.

Su boca era sensual y abrasadora y su

cuerpo parecía decidido a dejar en ella la huella de su masculinidad mientras Xavier movía lentamente las manos por su espalda, encendiendo en la joven un intenso deseo.

Su cuerpo había vuelto a la vida. Essie sentía cada una de sus células abriéndose a él como un tierno capullo ante el calor del sol. Era una experiencia gozosa, emocionante... y peligrosa.

Intentó apartarse, pero Xavier todavía no estaba dispuesto a dejarla marchar. Tras una débil protesta, Essie volvió a estrecharse contra él.

Xavier respiraba con dificultad, su corazón latía violentamente y Essie era consciente del esfuerzo que estaba haciendo para controlarse. Exploraba la boca de Essie con una lengua húmeda y caliente, como si quisiera alimentar la embriagadora pasión que corría por sus venas. Essie gimió suavemente, incapaz apenas de creer lo que estaba sintiendo.

—Essie, dulce Essie —Xavier había apartado la boca de sus labios y en su voz sonaba una nueva ternura mientras interrumpía sus caricias. Essie lo miró con expresión interrogante—: Hace un momento no era capaz de detenerme, ¿lo comprendes?

Sí, Essie lo comprendía, pero era tan intenso su deseo que tenía que apretar los

dientes para dominar la urgencia de rendir-
se por completo a él.

—Essie, tengo que decirte algunas cosas,
cosas que quiero que comprendas, pero este no es el momento. Necesito hablar contigo y no puedo esperar si no quiero
volverme loco —dijo con una nota de humor—. Me gustaría que salieras mañana
conmigo a dar una vuelta por la zona, podemos comer juntos.

Era una orden, no una invitación. En
otras circunstancias, Essie se habría rebela-
do contra aquel mandato, pero en aquel
momento no era capaz de decir dos palabras seguidas. Asintió en silencio, al tiempo
que retrocedía. Xavier la observó mientras
ella se acercaba hasta la puerta.

—Te iré a buscar a las diez.

Essie asintió, salió de la casa y cerró la
puerta tras ella. Las piernas le temblaban y
la cabeza le daba vueltas. Debía de estar loca, completamente loca, para haber aceptado salir con él cuando era más que evidente
lo que quería decirle. Después de aquel breve encuentro en el que acababa de dejar
claro lo que durante todo aquel tiempo había estado pretendiendo, iba a poner las
cartas sobre la mesa y a hacerle una propo-
sición. Su aparente amistad, con la que había conseguido que Essie bajara las barreras

que en un principio había levantado solo tenía un propósito: acostarse con ella.

Xavier era un estratega brillante y despiadado, pensó mientras conducía hacia su casa. Había jugado perfectamente hasta aquella misma tarde en la que, al pensar que le estaba ofreciendo a Quinn lo que a él le negaba, se había puesto furioso. Como era ya habitual en él, había conseguido disimular su furia y había resuelto su enfado diciéndole que necesitaba verla.

Essie se aferró con fuerza al volante. Xavier acababa de volver a demostrar que ella continuaba siendo como plastelina entre sus manos, que podía seducirla a su antojo. Pero por mucho que ella lo amara, era demasiado consciente de que no tenían ningún futuro.

¿Por mucho que lo amara?, se repitió.

Por un instante, Essie pensó que el árbol había aparecido de pronto en la carretera, hasta que se dio cuenta de que había girado involuntariamente el volante.

Paró el coche precipitadamente y también ella se quedó paralizada, con la mirada perdida y el rostro blanco como el papel. Lo amaba. Llevaba meses enamorada de él. Xavier se había metido en su vida, se había apoderado de su mente, de su corazón con calculada persistencia. Había utilizado una ingeniosa táctica y había ganado, había conseguido seducirla. No físicamente, pero sí en todos los otros aspectos de su vida.

Essie inclinó la cabeza sobre el volante, sintiendo que todo le daba vueltas. Xavier debía de estar preparándose ya para la gran exhibición del día siguiente. Le había advertido que quería una rendición completa, que no se acostaría con ella al calor del momento sin estar seguro de que ella sabía exactamente lo que estaba haciendo.

Con su vasto conocimiento de las mujeres, era obvio que había estado observándola, atento a las señales.

Essie gimió desesperada, sacudiendo la cabeza ante su propia estupidez. Xavier superaba con mucho las monstruosidades de Colin y Andrew. Essie quería odiarlo, más que cualquier otra cosa sobre la tierra deseaba odiarlo, pero no lo odiaba. No podía.

Los minutos pasaban lentamente en aquella fría noche de otoño. Una media hora más tarde y con el frío calado hasta los huesos, Essie alzó la mirada. Los ojos le brillaban con fuerza.

Mantendría la cita que había concertado para el día siguiente con Xavier. Y cuando le propusiera que se acostara con él, le diría que estaba dispuesta. Essie se había imaginado muchas veces pasando en aquella pequeña parte del mundo el resto de su vida, pero al parecer, las cosas no iban a ser así.

Un intenso dolor atravesó su corazón y sintió que los ojos se le llenaban de lágrimas, pero pestañeó para apartarlas con determinación.

Probablemente tendría que dejar su casa y empezar de nuevo, pero podría hacerlo. Claro que podría. Aquella iba a ser una ruptura definitiva. Porque de otra forma no podría sobrevivir al dolor que le iba a causar lo que tenía que hacer.

Capítulo 9

ESSIE pasó una noche terrible, pero a la mañana siguiente continuaba decidida a hacer lo que se había propuesto.

Había pasado más tiempo del habitual maquillándose, intentando ocultar las huellas que había dejado en su rostro aquella noche en vela. Cuando terminó, nadie podría haberse imaginado que tenía el corazón roto.

Desde luego, no Xavier, que observaba arrebatado su belleza a las diez de la mañana, mientras Essie salía de casa en respuesta a los bocinazos de su Mercedes.

—Hola —la saludó con voz ronca y profunda, mientras ella pasaba por delante de él y se metía en el coche.

—Hola —parecía algo tensa, pero Xavier lo comprendía. Debía de estar preguntándose a qué se debía todo aquello. Pero él no podía continuar así, tenía que hablar cuanto antes con ella.

—Siento haberte hecho levantarte tan temprano un sábado —comentó mientras se sentaba tras el volante.

—No importa, no suelo levantarme tarde.

Pero aquello cambiaría si viviera con él, pensó Xavier al instante. De hecho, el dormitorio tendría a partir de entonces una nueva connotación para ambos.

Continuaron en silencio durante varios kilómetros. Xavier porque tenía serias dificultades para concentrarse en cualquier cosa que no fueran las eróticas imágenes que la fragancia de Essie evocaba y Essie porque no recordaba haber estado nunca tan nerviosa.

Al cabo de unos minutos, Xavier se volvió hacia ella, con intención de romper el silencio.

—Tú conoces mejor que yo esta zona. ¿A dónde te gustaría ir?

—A cualquier parte. No me importa.

En aquella ocasión, la tensión de su voz le preocupó y la miró más intensamente.

—¿Qué te pasa? Si estás así por lo de anoche, quiero que sepas que no fue algo intencionado, lo creas o no. Este fin de semana he querido venir aquí con intención de hablar contigo, no de seducirte.

Entonces Essie lo miró. Parecía sincero, pero inmediatamente se impuso la lógica. Era obvio que dijera eso, se dijo con sarcasmo. ¿Qué otra cosa podía decir? ¿Que llevaba meses esperando el momento oportuno para abalanzarse sobre ella?

—Sí, claro —contestó ella con voz gélida.

—Claro que sí, Essie. Mira, no puedo decirte lo que tengo que decirte mientras sigamos en este maldito coche. ¿Sabes si por aquí hay algún sitio en el que podamos sentarnos a hablar un rato?

—Tuerce a la izquierda en el próximo cruce —respondió Essie, y lo condujo hacia las puertas de entrada de una reserva natural. Durante el verano, era un lugar que estaba siempre lleno de niños, pero aquel día estaba desierto.

Xavier apagó el motor y se volvió inmediatamente hacia ella.

—Essie, mírame.

Y Essie lo miró.

—Sé que no va a ser la forma más adecuada de decirlo y que probablemente este tampoco sea el momento más indicado, pero creo que me voy a volver loco si no hablo ya claramente.

Essie lo miraba pensando que sus ojos tenían el resplandor de las perlas, pensando que jamás lo había visto tan atractivo.

—Te amo, y quiero que te cases contigo.

Xavier advirtió el gemido ahogado de Essie y vio el cambio en la expresión de sus ojos.

—Estás mintiendo —susurró Essie, casi sin voz.

—Claro que no estoy mintiendo, Essie —desde luego, no esperaba que se abrazara a su cuello y comenzara a soltar gritos de alegría, pensó Xavier, intentando dominarse. Sabía que todavía les quedaba un largo camino por recorrer. Pero, maldita fuera, aquella mujer había llegado a gustarle mucho durante los últimos meses. Y la mutua atracción física que había entre ellos era tan fuerte que casi podía tocarla cuando se miraban a los ojos.

—Una vez me dijiste que habías salido con muchas mujeres. Y que no querías tener una relación seria con ninguna —le recordó Essie en tono acusador.

—Y no quería, hasta que te he conocido.

Essie retorcía las manos nerviosa en el regazo. Xavier se las tomó y dijo con voz suave y profunda:

—Essie, sé que esto no es fácil para ti y no quiero presionarte —dijo suavemente, procurando mantener tanto su voz como sus sentimientos bajo control—. Pero necesito saber... necesito saber si tengo o no alguna esperanza. Te deseo, te deseo de todas las formas posibles en las que un hombre pueda desear a una mujer, y quiero seguir deseándote durante toda mi vida.

—No, no —jamás había sentido tanto miedo. Si horas antes alguien le hubiera dicho que Xavier iba a decirle que la amaba, que iba a pedirle que se casara con él, habría sido la mujer más feliz de la tierra.

Pero el amor significaba compromiso, un compromiso total. Y el matrimonio... Ella había sido testigo de lo que el matrimonio podía hacer en una mujer enamorada. Su madre se había sentido atraída por Colin y había confundido su atracción con amor. Al principio Colin era un hombre delicado, amable, cariñoso... Hasta que se habían casado y él se había convertido de la noche a la mañana en un hombre diferente.

—No voy a aceptar un no como respuesta. No sé lo que sucedió en el pasado, Essie, pero estoy convencido de que podemos superarlo. Sé que puedo conseguir que me ames.

Essie retrocedió bruscamente.

—No —insistió, con voz dura como el granito.

—Sí, Essie —Xavier tomó aire y lo soltó lentamente—. Yo sé lo que es sufrir... Diablos, en otra época incluso pensaba que mi familia tenía el monopolio del sufrimiento. Hasta que aprendí que hay cientos de formas diferentes de hacer sufrir a los demás. Desde que te conozco, he pensado mucho en nosotros. Admito que al principio me sentía físicamente atraído por ti, quería acostarme contigo. Pero lo que siento ahora es mucho más que eso.

—Eso lo dices porque todavía no nos hemos acostado.

—¿Es eso lo que él te hizo? ¿Te mintió para acostarse contigo? ¿Te sentiste utilizada? Por el amor de Dios, Essie, dímelo.

Xavier la amaba. La amaba. ¿Pero podía creerlo?, se preguntó Essie en silencio. Sí, claro que podía. Estaba prácticamente segura. Pero su madre era una mujer inteligente y buena que también había confiado en el amor de Colin. Incluso era posible que Colin realmente la amara. Pero desde que se habían casado, su vida se había convertido en la peor de las pesadillas.

Quizá Xavier no le hiciera daño, físicamente al menos. De hecho, estaba convencida de que jamás se lo haría. Pero si se casaba con él, se convertiría en una mujer extremadamente vulnerable. Mucho más de lo que soportaba siquiera imaginar. Porque si había algo de lo que no podía dudar, era de que estaba enamorada de él. Y aquello le proporcionaba a Xavier un poder incalculable sobre ella.

—En realidad nunca hubo un «él» en el sentido en el que tú lo dices siempre —empezó a decir con voz queda—. Pero te contaré lo que ocurrió si eso te ayuda a comprender por qué nunca podrá haber nada entre nosotros, por qué jamás seré una buena esposa.

Le contó todo. La desolación sufrida tras la muerte de su padre, su alegría cuando su madre había encontrado a Colin y ella había conocido a sus futuros hermanastros. Le habló de la boda y de la tristeza posterior. Las palizas, la crueldad... Y le explicó cómo había llegado a la universidad, con el corazón hambriento de cariño, ternura y protección. Y entonces había conocido a Andrew.

Xavier la escuchaba, obligándose a permanecer en silencio, pero nunca se había sentido peor.

—Ahora lo único que me importa es mi trabajo. Soy buena en lo que hago, puedo controlar mi vida. Puedo levantarme tarde durante mis días libres si me apetece, y si decido bajar a las seis de la mañana al jardín...

—Dios mío Essie, estamos hablando del matrimonio, no de podar las rosas —casi gritó. Estaba expresando su frustración, su rabia impotente contra los dos hombres que tanto daño la habían hecho, pero inmediatamente se contuvo. No podía arriesgarse a perder lo que tanto deseaba por culpa de un sentimiento negativo—. Essie —dijo suavemente—, escúchame solo un minuto sin decir nada, ¿quieres?

Essie asintió, pero lo miraba con infinito recelo.

—Mi infancia... Bueno, ya sabes cómo fue mi infancia. Crecí sin padre y mi verdadera madre fue Natalie. Desde luego, no era el mejor modelo de familia para un niño. Muchos de los hombres que visitaban a mi madre estaban felizmente casados y aquello me amargaba profundamente —se interrumpió un instante—. Cuando nació Candy y Natalie murió, mi madre intentó reparar el daño que había hecho. Yo pensaba entonces que ella era la culpable de la muerte de Natalie. Y todavía lo creo —añadió sombrío—. Pero fuera como fuera, teníamos a Candy con nosotros y cuando se convirtió en responsabilidad exclusivamente mía, yo acepté aquella responsabilidad con alegría. La veía como una hija, no como una sobrina. Y hasta que te he conocido a ti, ella ha sido la única familia que he querido tener. No quería verme envuelto en otra tragedia humana, necesitaba vivir a mi manera.

Essie sabía que estaba siendo sincero, pero aquello empeoraba considerablemente la situación. Xavier todavía tenía valor para creer, pero ella no. Oh... ¿por qué le habría dicho que la amaba?

—Comprendo todo lo que te sucedió, Essie. Lo comprendo, pero no puedes permitir que esos hombres arruinen tu vida. ¿No te das cuenta? Ha surgido algo bueno entre nosotros. Ocurrió desde el momento en el que te vi en la iglesia y pensé que estabas sufriendo los efectos de la resaca. Te quise en cuanto te vi.

—Era únicamente deseo. Ni siquiera me conocías.

—Sé distinguir lo que es deseo de lo que no lo es —se interrumpió un instante—. Bueno, quizá no sea del todo cierto—. Porque yo te adoro, te deseo, como, duermo y respiro por ti. Pero sobre todo, te amo.

¿Qué podría llevar a un hombre duro y frío como Xavier Grey a admitir todo eso?, pensó Essie desesperadamente. ¿Cómo era capaz de mostrarse tan vulnerable?

Ella no quería herirlo, lo último que deseaba en el mundo era hacerle daño. Pero iba a tener que hacérselo. Por el bien de los dos, no podía seguir adelante con aquello.

—Xavier, yo no quiero lo mismo que tú —alzó la cabeza y lo miró abiertamente—. Tienes que aceptarlo, por favor. No quiero amar a nadie y no quiero casarme.

—No te creo.

—Es la verdad.

—Te quiero, Essie —Xavier no estaba dispuesto a renunciar—. Y sexualmente sería perfecto, te lo aseguro. No sé lo que compartiste con Andrew, pero sé que lo nuestro va a ser mucho mejor.

—Nunca me acosté con Andrew —se obligó a decir—. Y nunca me acostaré con alguien a quien no quiera.

—Conseguiré que me ames, Essie.

Amarlo… Si Xavier supiera lo que sentía por él. Pero Essie continuó forzándose a mentir, deseando acabar cuanto antes con aquello.

—No me he acostado nunca con nadie, Xavier, y tampoco quiero hacerlo. No te amo y no quiero amarte. Quiero seguir viviendo como hasta ahora, no quiero cambiar.

—No te creo. Sé que me deseas, Essie, y que eso puede ser un principio —dijo, estrechándola contra él y cubriendo sus labios con un beso salvaje.

Essie no intentó detenerlo. No se movió en absoluto; se limitó a permanecer completamente quieta, sin responder a su abrazo. Aquello fue lo más duro de todo. Xavier jamás comprendería que era precisamente el amor que sentía por él el que la hacía detenerse. No quería darle a ningún hombre tanto poder sobre ella. Y si no era capaz de confiar plenamente en Xavier, si no podía entregarle la fe y el amor incondicional que debían fundamentar una relación, ambos terminarían sufriendo.

Y no podía. Incluso en ese momento, después de lo que Xavier le había dicho, tenía que ser sincera consigo misma y admitir que no podía. Xavier era demasiado carismático, demasiado atractivo, demasiado fuerte y seguro de sí mismo. ¿Cómo un hombre como él podría sentirse nunca satisfecho con una mujer llena de miedos e inseguridades como ella?, se preguntó, luchando con todas sus fuerzas contra el deseo que se alzaba en su interior.

Cuando por fin Xavier alzó la cabeza, había algo en su mirada que desgarró el corazón de Essie.

—Te llevaré a casa —dijo, poniendo el motor en marcha mientras hablaba.

—Xavier, seguro que algún día conocerás...

—¡No! —Essie jamás le había oído un grito tan salvaje—. No digas otra sola palabra.

Y Essie permaneció en silencio durante todo el trayecto. Cuando por fin llegaron a su casa, Xavier saltó de su asiento y le abrió la puerta sin decir palabra. Antes de que Essie hubiera tenido tiempo de abrir la puerta de su casa, él ya estaba otra vez dentro del coche, pero no lo puso en marcha hasta que Essie entró en su casa.

Capítulo 10

HASTA la mañana siguiente, Essie no fue consciente de lo definitiva que había sido la marcha de Xavier. Había dormido muy poco y después de levantarse a las cinco de la mañana y obligarse a desayunar café con unas tostadas, llegó a la clínica cerca de las siete, temiendo encontrarse a Xavier y al mismo tiempo, deseando verlo. Estaba hecha un auténtico lío.

No vio el Mercedes aparcado frente a la fachada delantera de la casa, así que entró por la puerta trasera y miró en el aparcamiento para los clientes. Pero en él solo estaba el coche de Quinn.

Debía de haberse ido temprano. Y no tenía idea de cuándo volvería, aunque tendría que ponerse en contacto con él durante los próximos días para informarle de cómo iba la clínica y averiguar si quería sustituirla.

Al entrar en su despacho con una taza de café en la mano, vio un sobre encima de su escritorio en el que figuraba su nombre escrito con la ya familiar letra de Xavier.

Se sentó lentamente y bebió varios tragos de café mientras permanecía con la mirada fija en el sobre.

—Venga, Essie —se dijo en voz alta—. Si has tenido fuerza suficiente para rechazarlo, también tendrás fuerzas para abrir esta carta —se inclinó hacia delante, tomó el sobre y lo abrió con mucho cuidado, como si temiera que la fuera a morder.

No mordía. Pero lo que Xavier había escrito era algo infinitamente peor:

Me voy esta noche, Essie, y no volveré. No quiero que pierdas tu trabajo y tu casa por culpa de un error que yo he cometido.

Un error. Pensaba que enamorarse de ella había sido un error, pensó Essie desolada.

Y con ese fin, voy a hacerme cargo de la hipoteca de tu casa y a poner la clínica a tu nom-

bre. Será un acuerdo legal que no implicará ningún tipo de compromiso ni ataduras. Preferiría que estuviéramos en contacto a través de nuestros abogados. No digas que no lo aceptas, este lugar significa todo para ti y para mí no supone ningún problema económico. Durante estos últimos meses, me has demostrado que tienes una gran cabeza para los negocios y que te entregas con corazón a tu trabajo. Ahora, al no tener ninguna hipoteca sobre tu cabeza, podrás disfrutar todavía más de él. Buena suerte. X.

Essie nunca sabría durante cuánto tiempo permaneció allí, dejando que las lágrimas empaparan su rostro y con el corazón roto en mil pedazos. Pero hasta que no asomó Quinn la cabeza en su despacho y lo oyó pronunciar su nombre, no apartó la mirada de la carta que tenía delante.

—¿Qué te pasa, Essie? —entró inmediatamente en el despacho. Cuando Jamie entró varios minutos después, la joven seguía llorando. Al ver entrar a su colega, Quinn señaló el teléfono—. Llama a un médico —le dijo.

—No —Essie intentó controlarse—. No, enseguida estoy bien, es solo, es solo que…

—¿Qué ocurre, Essie?

Ambos hombres estaban arrodillados frente a ella. Essie sacudió débilmente la cabeza y susurró:

—He cometido el mayor error de mi vida.

—No puede ser tan terrible. ¿Qué ha pasado? ¿Has hecho un diagnóstico equivocado? —Quinn le hizo un gesto para que se callara.

Essie, conmovida por su ternura y en respuesta a su preocupación, les tendió la carta de Xavier sin decir palabra.

—Me pidió que me casara con él —sollozó—. Me dijo que estaba enamorado de mí.

—¿Y tú lo amas? —preguntó Quinn.

Essie asintió lentamente.

—Pero él no lo sabe… Y lo rechacé. Estaba asustada. Tenía miedo del amor, del compromiso y todo lo demás…

—Díselo —le aconsejó Quinn, como si fuera algo realmente fácil—. Si realmente te quiere, lo comprenderá. Y si algo demuestra esta carta es que te quiere. Así que dile lo que nos acabas de decir a nosotros.

—No lo comprendes —los miró mientras ellos se levantaban—. Después de lo que le dije ayer no me creería.

—De eso no puedes estar segura —añadió Jamie—. Y merece la pena intentarlo. ¿Qué tienes que perder?

Nada. Essie ya había perdido todo lo que realmente importaba, pensó derrotada. Pero inmediatamente se irguió, decidida a seguir adelante. No había sido el derrotismo el que la había ayudado a superar los años de crueldad vividos bajo el mismo techo de Colin o la traición de Andrew.

Le explicaría a Xavier lo que había aprendido. Le diría que estaba enamorada de él, que llevaba meses enamorada de él. Que él le había hecho mostrar y comprender el pasado y que estaba dispuesta a seguir hacia delante con él, si todavía estaba dispuesto a hacerlo.

La secretaria de Xavier era fría como el hielo y estrictamente profesional, pero le había costado disimular su irritación al decirle:

—Señorita Russell, esta es la tercera vez que llama y la respuesta es la misma que la de ayer y la de antes de ayer: el señor Grey no puede ser molestado.

—¿Y cuándo podré hablar con él?

—No tengo ni idea.

—¿Le ha dicho ya que lo he llamado?

—Le he pasado todos sus recados —dijo la secretaria pacientemente—, pero tiene que comprender que es un hombre muy ocupado.

—Necesito hablar con él urgentemente —Essie se interrumpió. Aquello no iba a llevarla a ninguna parte—. Quizá sea mejor entonces que me pase por allí. Sí, es lo que haré. Si no le importa, dígale al señor Grey que iré mañana a verlo y que esperaré todo lo que sea necesario para hacerlo.

La secretaria arqueó las cejas y Xavier, que estaba escuchando la llamada, sacudió la cabeza, al tiempo que hacía un duro gesto con la mano.

—No creo que sea una buena idea, señorita Russell.

—Oh, al contrario, creo que es una idea excelente.

—Quizá tenga que estar días esperando para nada.

—Estoy dispuesta a esperar durante semanas y le aseguro que no será para nada, porque pienso ver al señor Grey —le contestó con calma.

—Atenderé esa llamada en mi despacho —le dijo entonces Xavier a su secretaria.

—Señorita Rusell —mintió ella—, el señor Grey acaba de llegar y puede brindarle un par de minutos.

Segundos después, Essie oía la voz grave y profunda de Xavier.

—Hola, Essie.

—Hola —contestó casi sin aliento. Tomó aire, intentando dominar el deseo irresistible de echarse a llorar y gritarle su amor—. Llevo días intentando hablar contigo, pero por lo visto estás muy ocupado.

—No tenemos nada de que hablar. Nuestros abogados se están ocupando de todo y creo que eso es lo mejor para los dos.

—Xavier, no puedo aceptar ese regalo.

—Claro que puedes. En cualquier caso, cuando tengas todos los papeles en regla, podrás decidir lo que quieres hacer o dejar de hacer con la clínica. Y ahora, si eso es todo, tengo un importante...

—No, eso no es todo. No es ni siquiera el principio —lo interrumpió Essie, aterrada ante la posibilidad de que pudiera colgarle el teléfono—. Quería decirte que me equivoqué, que estaba demasiado alterada el día que hablamos. Cuando te dije que no te quería, no sabía lo que estaba diciendo. Xavier, te amo.

Se hizo un largo silencio al otro lado de la línea que Xavier terminó rompiendo con voz fría y remota:

—Aprecio tu sinceridad, Essie, créeme. Y la prefiero a esta especie de gratitud completamente fuera de lugar que te ha hecho llamarme ahora.

—¡No es gratitud! Bueno, te estoy agradecida, por supuesto, pero no es esa la razón por la que te he dicho que te amo —protestó—. Estuve luchando durante semanas contra ese sentimiento, ahora me doy cuenta de ello.

—¿Y cuándo tuvo lugar esa revelación?

¿Cuando escuchaste mi lacónica historia? ¿O ha sido quizá tu agradecimiento el que te anima a sacrificarte a mí?

—No, no es nada de eso —volvió a decir—. Y no era una historia lacrimógena, eso no es propio de ti.

—Essie, tú no sabes absolutamente nada de mí.

Oh, aquello era terrible. Mucho peor de lo que Essie había imaginado. Xavier se había recluido tras una formidable coraza que jamás podría atravesar.

—Xavier, escúchame, por favor, escucha...

—No, Essie —aquel era un inequívoco final—, terminemos esto dignamente. Tuve la presunción de pensar que podría conseguir que me amaras y me equivoqué. Todo este asunto ha sido culpa mía y lo reconozco. Los dos sabemos que compré la clínica para poder estar cerca de ti, pero ahora es tuya. Eres una gran veterinaria y con Jamie y Quinn cuentas con un gran equipo. Estoy seguro de que todo saldrá bien.

—No, nada podrá salir bien si no estás tú aquí...

—Adiós, Essie.

Essie permaneció durante algunos segundos con el auricular en la mano, incapaz de creer que le hubiera colgado el teléfono.

No tardó en comprender que Xavier se había ido para siempre y que ella no tenía forma de conseguir que volviera.

★ ★ ★ ★ ★ ★

Los siete días siguientes fueron como siete semanas, pero al final de la semana, Essie comprendió que por fin había madurado.

Era increíble, con todo lo que había tenido que pasar a lo largo de su vida, no haberlo hecho hasta entonces, reflexionó, mientras fijaba la mirada en los documentos que le había enviado el abogado. Pero así era.

Durante mucho tiempo, su vida había girado alrededor de la necesidad de protegerse. Había estado tan encerrada en el sufrimiento y en las decepciones de las que había sido víctima que cuando Xavier le había ofrecido el verdadero amor se había asustado.

Xavier era su única posibilidad de ser feliz, el único futuro que deseaba y tenía que encontrar la manera de convencerlo de ello. Pero una llamada de teléfono no funcionaría; tenía que ir a verlo, aunque la perspectiva era bastante desalentadora. Sabía que tenía negocios en Dorking y en Crawley, pero sus oficinas y su ático estaban en Londres, así que allí le resultaría

211

más fácil encontrarlo. No le avisaría, por supuesto. En aquel momento, la sorpresa era su mejor arma. ¿Y si él no quería verla? Irguió los hombros con determinación: no aceptaría un no como respuesta. Y si no estaba allí, esperaría día tras día hasta que volviera.

Quinn y Jamie, en cuanto les contó lo que pensaba hacer, le dijeron que no tenía que preocuparse por nada y se mostraron dispuestos a encargarse de la clínica durante todo el tiempo que ella necesitara.

Llegó a Londres a la mañana siguiente, justo antes de las nueve, y a las diez menos cuarto estaba tomando café con la secretaria de Xavier, que resultó ser mucho más amable de lo que parecía por teléfono. A las once, Quinn se presentó corriendo en la oficina, con el pasaporte de Essie y un billete de avión para Canadá.

Candy había sufrido un accidente, un accidente terrible, según le había explicado la secretaria de Xavier, y estaba debatiéndose entre la vida y la muerte en un hospital situado muy cerca de la casa en la que vivía con Xavier. El accidente había tenido lugar tres días atrás y Xavier había volado inmediatamente a Canadá. Al parecer estaba devastado.

Durante todo el viaje a Vancouver, Essie estuvo reprochándose el haberlo dejado solo en aquellas circunstancias. Si no hubiera sido tan estúpida, si hubiera sido suficientemente valiente cuando Xavier le había ofrecido el cielo, él no tendría que haberse enfrentado en soledad a todo aquello.

Y Candy... Pobre Candy. Harper había muerto en el accidente que la había llevado a ella a la Unidad de Cuidados Intensivos. Ella tenía veintitrés años y él veinticinco, tenían toda la vida por delante...

Essie se puso en funcionamiento en cuanto llegaron al aeropuerto. Con un maletín en una mano y un papel con el teléfono y la dirección del hospital y de la casa de Xavier en la otra, se encaminó hacia un taxi.

Decidió ir en primer lugar al hospital. Eran poco antes de las nueve cuando llegaba a la zona de espera del hospital y era atendida por una amable enfermera.

—Ahora mismo iré a hablar con el señor Grey —le dijo la enfermera—, y le diré que está usted aquí.

—¿Todavía no se ha marchado?

—No, todavía no. Normalmente se queda hasta media noche y suele volver a las seis o siete de la mañana —le explicó la enfermera con pesar—. Como no descanse, pronto se convertirá en otro de nuestros pacientes. ¿Me ha dicho usted que es una amiga suya que acaba de llegar de Inglaterra?

Essie tomó aire. Tenía que verlo sin ser anunciada, tenía que pillarlo desprevenido para impedir que se ocultara tras su fría máscara. Y lo que iba a decir, no era exactamente una mentira.

—Soy su prometida —dijo con firmeza—. ¿Podría darle una sorpresa? Me encantaría hacerlo, por favor. No sabe que he venido y estoy segura de que se alegrará de verme.

—No sé... Su sobrina está en coma, y el señor Grey ha sido muy tajante en cuanto a las visitas. La prensa nos acosa constantemente y...

—Pero yo no soy periodista, ¡soy su prometida!

—Lo comprendo, pero...

—Por favor, estoy dispuesta a asumir toda la responsabilidad.

—Bueno, no debería, pero... —miró a Essie y dijo en tono conspirador—: De acuerdo, pero si surge algún problema, diré que le he pedido que esperara y no me ha hecho caso, ¿de acuerdo?

—No habrá ningún problema —contestó Essie, con mucha más confianza de la que realmente sentía y siguió a la enfermera por uno de los largos pasillos del hospital.

—La habitación de la señorita Grey es la doscientos setenta y cuatro.

Era la última puerta a la izquierda y la enfermera se detuvo poco antes de alcanzarla, señalándola con un gesto de cabeza. Se trataba de una puerta de madera de color verde pálido y cristal.

—Muchas gracias —le dijo Essie y esperó a que la enfermera se volviera para mirar a través del cristal. La cama estaba colocada de tal manera que se veía completamente desde allí. Los tubos y cables a los que estaba conectaba su ocupante eran escalofriantes, pero fue la figura que estaba al otro lado de la cama la que cautivó toda la atención de Essie.

Xavier estaba inclinado hacia delante, con los codos apoyados sobre las rodillas y la cabeza entre las manos, en una pose de absoluta depresión.

Essie se llevó la mano a la garganta mientras rezaba silenciosa y vehementemente por encontrar las palabras adecuadas para hablar con él. Tenía que hacerse comprender. De alguna manera, Xavier tenía que creer que lo amaba y que aquel sentimiento no tenía nada que ver con la pena ni con ningún otro sentimiento, ni siquiera con el saber hasta qué punto le había fallado.

Xavier llevaba sentado al lado de la cama de Candy una eternidad, esperando alguna señal, cualquiera, de que iba a volver al mundo real. Hablaba con ella constantemente, animándola a luchar, a vivir, ofreciéndole toda su fuerza y su determinación. Pero estaba cansado. Sabía que estaba cansado sin necesidad de que las enfermeras y los médicos lo regañaran constantemente por ello. Ya les había dicho que descansaría en cuanto supiera que Candy iba a salir adelante, pero hasta entonces...

Todavía le costaba creer que aquello fuera cierto. Candy era tan hermosa, estaba tan viva... Y de pronto se convertía en aquel fantasma que apenas se distinguía del color de las sábanas. Cuántas veces le había pedido perdón a Natalie, su hermana, por no haber sido capaz de cuidar mejor de su hija, por no haber sido capaz de protegerla...

Y la imagen de otra joven, aquella con los ojos de color violeta y el pelo como el maíz, invadía también la habitación. Incluso en medio de su angustia y su dolor por Candy, la ausencia de Essie lo estaba destrozando.

Él nunca se había lamentado por lo perdido. Y era el primero en admitir que no se podía perder lo que nunca se había tenido, pero eso había sido antes de conocer a Essie. Essie... qué nombre tan ridículo para una mujer tan hermosa.

Maldita fuera, cuánto la deseaba, cuánto la necesitaba en ese momento. Daría años de su vida, los que fuera, por poder retroceder en el tiempo para poder decirle cómo se sentía.

Pero no era posible dar marcha atrás, tenía que seguir adelante, aunque todavía no supiera cómo hacerlo. El futuro se extendía ante él como un túnel negro y, por primera vez en su vida de adulto, estaba asustado. Lo asustaba estar perdiendo las riendas de su trabajo, de su vida. Pero sobre todo, lo asustaba la perspectiva de pasarse semanas, meses, años, sin volver a ver el rostro de Essie.

Alzó entonces la mirada hacia la puerta sin saber por qué. Se quedó mirando el rostro que se asomaba a través del cristal y se pasó la mano por la frente. El corazón le había dado un vuelco y casi se había mareado por lo que había imaginado. Las enfermeras se asomaban constantemente para ver a Candy, pero aquella vez tenía la impresión de haber visto el rostro de Essie. Se estaba volviendo loco, pensó con sarcasmo. Seguro que alguno de sus más feroces competidores en el negocio se alegraría de ello.

Y entonces abrió los ojos nuevamente al oír que la puerta se abría y vio a Essie a menos de cinco metros de distancia, con sus increíbles ojos violeta fijos en él y el rostro blanco como el papel.

—¿Xavier?

—¿Essie?

La voz de Essie lo sacó del trance. Justo en ese momento, entró la enfermera.

—Tenemos que poner cómoda a Candy, señor Grey, ¿le importaría salir un momento de la habitación?

Xavier asintió bruscamente, sin apartar la mirada del tenso rostro de Essie.

—Estaremos en la sala del café.

—De acuerdo, señor Grey, no tenga prisa. Tardaremos un rato.

Parecía tan cansado, pensó Essie mientras Xavier la tomaba del brazo y la conducía a través del pasillo.

—¿Qué estás haciendo aquí, Essie? —le preguntó mientras caminaban.

—Quería estar cerca de ti —había llegado el momento de decirle toda la verdad—. Tenía que estar cerca de ti. Te quiero mucho, y estas dos últimas semanas han sido tan terribles...

—No nos hagas pasar por esto, Essie. No es que no aprecie que hayas venido, aunque sea una locura, pero hace unas semanas estabas completamente segura de lo que sentías. Y nada ha cambiado.

—Tienes razón, no ha cambiado nada, Xavier —contestó ella precipitadamente. Te amaba entonces y lo sabía, pero estaba demasiado asustada para admitirlo, demasiado atada al pasado. Quizá haya sido tu marcha lo que me ha hecho verlo, no lo sé, pero de pronto me di cuenta de que... no podía vivir sin ti.

Tragó saliva; las lágrimas brillaban en sus ojos. No podía perderlo. Tenía que obligarlo a comprenderla.

—Por favor, Xavier, créeme —le dijo, con la garganta atenazada por el miedo de que ya fuera demasiado tarde—, porque ya no sé qué puedo decir o hacer para convencerte. Fui débil y cobarde, sé que no me merezco otra oportunidad, pero...

—¡No digas eso! Te mereces todo lo bueno que pueda ofrecerte esta vida, Essie y yo te deseo lo mejor. Pero mi madre se casó con su primer marido por gratitud, porque le había permitido escapar de un hombre miserable y el resultado fue un desastre.

—Xavier, escúchame —habían llegado ya a la pequeña salita. He venido aquí para decirte que te amo —se aferraba a su chaqueta y fijaba la mirada en su adorado rostro—. No me importa la clínica, ni que me hayas comprado la casa. ¿Es que no te puede entrar eso en la cabeza? Hoy he ido a tu oficina para decírtelo.

—Essie...

—No, déjame terminar. No te atrevas a decir nada —dijo con fiereza, luchando contra las lágrimas que se agolpaban en sus ojos—. No puedo vivir sin ti. No puedo estar en el mundo sabiendo que tú estás en él y que pueden pasar días, semanas o años sin que pienses en mí. No puedo soportarlo. Lo quiero todo de ti, Xavier. Quiero estar a tu lado, quiero ser tu esposa... Quiero que tengamos hijos....

Las últimas palabras fueron casi un gemido. Xavier ya no era capaz de soportarlo más. La estrechó en sus brazos con un movimiento casi salvaje y cubrió su rostro de besos, mientras murmuraba palabras de amor contra su piel húmeda y sedosa.

Permanecieron juntos, con los corazones palpitantes y los labios unidos, meciéndose lentamente. Essie rebosaba felicidad. Xavier la creía, lo había visto en su rostro segundos antes de que la besara.

Tiempo después, Xavier alzó la mirada para mirarla a los ojos y dijo con voz ronca:

—Te amo, mi resplandeciente estrella.

—Yo también te amo —sonrió a través de las lágrimas—. He sido tan estúpida, Xavier. Y esto de Candy... No he estado a tu lado cuando más me has necesitado...

—Pero no volverá a ocurrir —deslizó suavemente la mano por su mejilla—. Candy se pondrá bien. Ahora que por fin estamos juntos, no hay nada imposible.

—¿Y me perdonas?

—No hay nada que perdonar —la estrechó contra su pecho—. Estabas asustada y después de tu experiencia con el sexo opuesto, nadie puede culparte por haber deseado huir de este canadiense grande e insolente que irrumpió de pronto en tu vida.

—Grande quizá, pero nunca insolente —sonrió Essie, abrazándose a su cuello.

Lo miraba con el corazón en los ojos, mostrándole lo único que a Xavier en ese momento le importaba: Essie estaba a su lado y lo estaría para siempre.

Epílogo

ESSIE y Xavier se casaron meses después en una playa del Caribe. Eligieron aquel lugar porque para ambos significaba dejar atrás un pasado de sufrimiento y engaños. Mientras permanecían de pie en aquella arena virgen, viendo cómo el sol se hundía en el horizonte tiñendo el cielo de índigo y oro, Essie se sentía a punto de entrar en el paraíso.

Llevaba un vestido de manga corta, de chiffón oro pálido, el pelo adornado con orquídeas diminutas y los pies desnudos.

No se merecía tanta felicidad, se dijo a sí

misma, mirando hacia Candy que, la sonreía desde su silla de ruedas.

Les habían prometido que Candy se recuperaría completamente con el tiempo, pero de momento, continuaba teniendo un aspecto frágil y extremadamente delicado.

Xavier y Essie habían retrasado la boda hasta que Candy estuviera suficientemente bien para ser la dama de honor de Essie, algo que las dos deseaban. Los médicos se habían mostrado de acuerdo en que el anuncio de la boda había sacado a Candy de la apatía en la que se había hundido cuando había recuperado la conciencia.

Pero en ese momento, Essie no estaba pensando en Candy, por mucho que quisiera a la sobrina de Xavier. No, su cuerpo y su alma estaban completamente entregados a Xavier.

Este la agarraba con fuerza del brazo mientras el sacerdote oficiaba la ceremonia. Iba vestido con una camisa blanca de seda sin cuello y unos pantalones de lino.

La claridad de sus ropas realzaba su oscura y viril masculinidad... Estaba tan atractivo que quitaba la respiración... Y era suyo, todo suyo.

Essie miró el anillo de compromiso, que se había cambiado temporalmente de mano para la ceremonia, y su mente voló hasta el día en el que Xavier se lo había regalado.

—Eres mi Esther, mi estrella —le había susurrado, mientras deslizaba el anillo en su dedo—. Mi estrella de la mañana, mi sol, mi luna, mi universo. Mi razón para vivir.

Y lo era. Lo sabía. Y por fin había llegado el momento de demostrarlo.

—Sí, quiero —respondió a la pregunta del sacerdote con voz clara y confiada. Con aquellas palabras quedaban convertidos en esposos.

Sonrió a Xavier con dulzura y este la miró con todo el amor del mundo en sus ojos.

Se habían encontrado el uno al otro. Frente a todos los obstáculos, se habían encontrado y ella jamás lo dejaría marcharse. Él lo era todo para ella, ella lo era todo para él y tenían por delante todo un futuro que compartir.

—Y yo os declaro marido y mujer —dijo entonces el sacerdote—. Xavier, puedes besar a la novia.

Y Xavier la besó.